DO RE MI FA SO

Bibliografische Information der Deutschen Nationalbibliothek

Die Deutsche Nationalbibliothek verzeichnet diese Publikation in der
Deutschen Nationalbibliografie; detaillierte bibliografische Daten sind
im Internet über http://dnb.dnb.de abrufbar.

© 2024 Jung und Jung, Salzburg
© Tine Melzer 2024
Alle Rechte, einschließlich der Vervielfältigung, Veröffentlichung,
Bearbeitung und Übersetzung, bleiben vorbehalten
Umschlaggestaltung: Tine Melzer, Foto: Mathias Zuppiger
Entwurf und Umsetzung: BoutiqueBrutal.com
Druck und Bindung: GGP Media GmbH, Pößneck
ISBN 978-3-99027-406-4

TINE MELZER

Do Re Mi Fa So

Roman

Erster Tag
Samstag

Aus Trotz habe ich in der Badewanne übernachtet, und es war wie Ferien an einem unbekannten Ort.

Ich blieb morgens einfach in der Wanne liegen, immer noch nackt, aber ohne Wasser und gebettet in Decken und Kissen. Man würde mich herausholen müssen wie eine schwangere Kuh aus dem Fluss, man müsste mir Gurte unterlegen und mich umspannen wie ein Klavier auf dem Weg aus dem zweiten Stock, um mich hier rauszubekommen. Nichts würde helfen, kein Wort, kein Zureden könnte mich aus meiner Lage befreien. Ich würde höflich bleiben und darum bitten, mich nicht zu behelligen mit Erwartungen, Verpflichtungen, Vorwürfen. Ich würde alle Fragen von Bord meines Bootes aus beantworten. Als badender Bariton.

Es ist ein tröstlicher Gedanke, in der Badewanne zu bleiben, bis das ganze gottverdammte untätige Wochenende vorüber sein würde, in keine Bar gegangen, aus Übermut zu Hause geblieben zu sein und im Radio ein Live-Konzert zu hören, das mir das Gefühl gibt, am richtigen Ort zu sein und genau nichts zu verpassen.

Die Stimme des Mannes im Radio auf dem Fensterbrett ist makellos, das Mikrofon so gut, dass ich die Zunge von unten an den Gaumen schlagen hören kann.

Ich wohne der Geburt der Stimme aus dem Inneren des Radiomoderators bei. Die Zunge ist kein schönes Körperteil, sie ist wie neugeborene Säugetiere, augenlos und unbehaart, wie blinde Welpen. Die Zunge ist der Molch in der feuchten Höhle. Als Opernsänger kenne ich mich mit Zungen aus. Bariton ist eine Mittelstimme. Ich bin der hochgewachsene Mann mit dunklem gepflegtem Bart, mit großen Händen und langen Fingern, mit breiter Brust und einem geraden Kreuz. Ich bin ledig, aber nicht alleinstehend. Ich bin kinderlos, habe eine Schwester und eine tote Mutter und habe ihr Haus geerbt.

Das Haus liegt in einem breiten Tal, in einem Weiler, der nie bessere Zeiten gesehen hat. Alle, die sich hier noch Bauern nennen, tun das für die Leute aus der Stadt, die mit dem Auto zum Hofladen kommen, um einzukaufen, und abends statt des Tischgebets schwärmerisch sagen: *Und alles das sind lokale Produkte.* Vom Fenster aus kann ich das Feld sehen und den Waldrand, wo abgesägte Stämme liegen, tote Bäume, bereit zur Abholung. Abholzung als Erinnerung an den Wald. Ich denke deutlich: *Wald*, und sage es laut in das Badezimmer hinein.

Dieses alte Haus auf dem Land ist eine WG geworden, in der wir, zwei Männer Anfang vierzig, auf drei Stockwerken mit zwei getrennten Schlafzimmern, Wohnzimmern, drei WCs und zwei Bädern wohnen. Die meiste Zeit sitzen wir gemeinsam unten in der Küche von Franz, normalerweise.

An diesem Morgen, gegen neun vielleicht, bringt mir Franz ein Tablett ins Badezimmer, mit Milchkaffee, Grenadine-Sirup, Omelette und Birchermüsli, außerdem eine aufgelöste Tablette gegen den Kopfschmerz – er denkt wirklich an alles. Er setzt sich auf den geschlossenen WC-Deckel neben meiner Wanne, um mir aus der Zeitung vorzulesen, als wäre nichts. Offenbar hat eine weitere Regierung in Europa ihr Einverständnis gegeben, Adoption für Homosexuelle zu legalisieren. Ein neuer Krieg am Rande des Kontinents hat begonnen, so zu heißen, und die Kritik der Theaterpremiere, die wir gestern sausen ließen, ist streng, aber glaubwürdig.

Franz ist auf der Hut, er will nichts falsch machen. Er ist wie immer tadellos gekleidet und trägt sein Deodorant schon vor Mittag. Er tut so, als wäre ein spätes Frühstück in der Badewanne genau die angemessene Antwort auf die Nacht davor, die vergangene Woche oder die letzten Jahre. Ich bin froh, ihn zu sehen.

Bevor ich die Wanne bestieg, hatte ich Geburtstag. Ich wäre gestern Abend lieber ganz alleine geblieben, alleine mit Franz, aber ich konnte den Geräuschen aus dem unteren Stockwerk anhören, dass Besucher gekommen waren. Es war immerhin mein vierzigster. Überraschungspartys sollten verboten werden.

Ich hörte Stimmen und Gelächter, das Klappern von Töpfen und Tellern, Besteck und klirrende Gläser. Unter mir bewegten sich heitere Menschen in sauberer Kleidung, die gemeinsam trinken, essen und reden wollten und die zuerst vorsichtig, später dann lauthals ihre Meinung mitteilen würden, um die niemand sie gebeten hatte. Ich hörte eine fremde Männerstimme, ein Grollen als subsonisches Vibrieren, Geräusche wie aus einem Motorenraum. Dann grelle Rufe, eine Dame vielleicht, die hörbar exaltiert ihre Augenbrauen hob. Sicher ein Sopran.

Meine Abwesenheit wirkte anziehend auf manche Gäste. Sobald ich den Raum betrat, wurde es still, und ich tat überrascht. Ein Auftritt wie in einem Kammerspiel, vierter Akt, die rettende Figur, der Held ist da, er lebt! Mit sparsamen Gesten und leisen Worten nahm ich die schmeichelnden Blicke auf. Ich war da, endlich, obwohl es nur die Küche meines Mitbewohners war, die ich betrat. Im Salon erwarteten mich fremde Menschen und gute Kollegen, ein Schluck Cava, echte Wiedersehensfreude. Ich war froh, meine Schwester zu sehen, extra aus Bergamo angereist, wie rührend. Sie ist eine schöne Frau geworden, das Mädchen ist ihr aus dem Gesicht entwachsen, ihre dunkel umrandeten Augen können müde und begeistert gleichzeitig aussehen. Sie hat das Gesicht des Vaters bekommen, sein optimistisches Lachen, nur ohne Vollbart.

Im Augenwinkel sah ich, dass sich jemand nicht bewegte. Aus dem Augenwinkel sieht man oft das Flüchtige am besten. Da saß es still wie ein scheues Tier, aus Furcht, erkannt zu werden. Eine alte Dame, regungslos und aufrecht. Sie hätte meine Mutter sein können. Ich wandte den Kopf nicht, aber es war wohl meine Tante.

Andere Musiker waren auch da, weil sich Berufstätige meistens mit ihresgleichen abgeben. Bläser treffen sich auch freiwillig und privat mit dem Holz und Blech aus dem Orchestergraben. Nach der Schlacht um die Kunst kehren die müden Musiksoldaten heim, nur um sich, frisch geduscht und umgezogen, mit jenen zu verabreden, denen sie sonst im Grabenkampf bei der Arbeit zusehen und zuhören. Der Orchestergraben kann ja nichts dafür, dass er das Publikum von der Bühne trennt. Es wird Zeit, darüber hinwegzusehen.

Die Bühnenbilder unserer Theaterbetriebe entsprechen den Landschaften in Terrarien. Die Oper ist ein Tropenhaus, ein mehrstöckiger Palast mit echten Kunststoffpflanzen und hochwertigem Boden in Korkoptik. Die Langsamkeit der Figuren auf der Bühne ist der Lohn für die Mühsal, alle Kabel verlegt zu haben, das Licht zu steuern, für gute Belüftung und Feuersicherheit zu sorgen und backstage Blumen und Schokolade parat zu haben. Die Diva als kaltblütige Leguandame, ihr Hals schuppig, die Augen schließen sich selten zum Zwinkern. Ich selbst bin eine singende Schildkröte, ein Kleintier im Zoo der guten Gesellschaft, gefüttert von der Allgemeinheit – *bitte nicht an die Scheibe klopfen*. So klingen die Rufe der Zuschauer vor dem Gehege, begeistert oder empört, wollen ihr Geld zurück oder ein Abo für die neue Saison.

Auf dem enormen Esstisch standen Schalen mit Häppchen, Nüsschen und Früchten. Ein Apéro-Buffet ist der ideale Ort, um unsichtbar zu werden. Mit Blick auf das Angebot muss man nur zugreifen, von der Hand in den Mund. Angezogen von den verlockenden Häppchen kann der Buffet-Mensch sein Glück kaum fassen. So jemanden sollte man nicht ansprechen.

»Sie sind also der berühmte Opernsänger? Wie schön, Sie endlich persönlich zu treffen«, behauptete eine Fremde.

»Saum, Bariton. Angenehm«, log ich höflich.

Die Dame mit dem glatten gelben Seitenscheitel auf dem spitzen Kopf öffnete ihre violett geschminkten Lippen zu einem großen runden *Oh*. Franz hatte sie aus Wien mitgebracht, ich müsse sie unbedingt kennenlernen, berühmte Musikkritikerin, geachtete Musikwissenschaftlerin, eine Koryphäe. Ich habe Angst vor Koryphäen. Dann lachte sie wie eine überschäumende Limonade in alle Richtungen, laut und aus gut gespielter Verlegenheit. Fasste mich am Oberarm, als müsste sie sich auf einem schwankenden Schiff irgendwo festhalten und als wäre ich fester mit der Reling verbunden als sie. Dabei versuchte ich, das aus Anstand noch nicht in den Mund geschobene Avocado-Canapé nicht auf ihre pinke Bluse zu drücken, die sich mir bei ihrem einseitigen Tanzschritt gefährlich genähert hatte.

Ich nickte ausweichend und wendete mich dem Cava zu. Dann blickte ich mich in meiner Festgesellschaft um. Hirschgeweihe wurden gekreuzt, einer hatte ein Waldhorn dabei, und es wurde zur Jagd geblasen, auf einander, auf die Liebe, den Schnaps! Privilegien sind Vorteile, an die man sich gewöhnt hat. Privilegien kann man genießen, ohne es zu merken. Normalerweise gelingt das nicht. Wir können kaum unbemerkt Champagner trinken. Einer der Gäste war ein schöner älterer Mann mit dem Gesicht eines Entdeckers. Er trug eine kleine Brille, die seine Pupillen noch größer aussehen ließ, als seine Augen waren. Auch er war nicht gesprächig. Gemeinsam versteckten wir uns in einer Ecke mit einer Flasche Weißwein. Jemand der Anwesenden war sich der historischen Bedeutung unserer Zusammenkunft bewusst und filmte pausenlos mit seinem Mobiltelefon. Das Licht und die Stimmung wurden weicher, die Flaschen leerer. Der Sessel, auf dem im Augenwinkel meine Mutter gesessen hatte, war nun meiner. Ich fühlte ihre Hand auf meinem Scheitel.

Ich stahl mich um Mitternacht von meiner eigenen Party. Endlich allein ließ ich die Badewanne ein. Heiß musste es sein. Zu heiß. Viel Schaum, am besten Melisse. Die Wanne ist überlang, wie ein kleines Boot, eingelassen in die gefliese Umrandung eines geräumigen Badezimmers aus besseren Zeiten. Ich kann mich fast zur Gänze darin ausstrecken, und sie ist breit genug, mich zu umschließen, wenn ich untertauche.

Ich wollte mich selbst überraschen. Also trocknete ich nach dem Bad die Wanne ab und holte leise mein Bettzeug aus dem Schlafzimmer. Die trockene Wanne war kalt. Ich brauchte alle Decken und Kissen, die ich finden konnte, um schlafen zu können.

Ich bleibe zunächst bis zum Mittagessen in der Wanne. Es gibt Semmelknödel, frisch. Offenbar hat Franz es darauf angelegt, mich zu verwöhnen, in der Hoffnung, dass ich heiter aus der Wanne steige, sobald alles gegessen ist. Aber ich will unbedingt bis zum Abend nackt bleiben.

Sobald ich wieder allein im Badezimmer bin, kann ich endlich in Ruhe nachdenken. In jeder Rekapitulation steckt eine Kapitulation.

Der Wasserhahn sollte mal wieder entkalkt werden. Der Schlauch ist matt geworden, der Duschvorhang hat rosafarbene Schlieren, wohl eine Alge oder ein Pilz, oben fehlt eine Öse. Meine Zuneigung zu Details macht mich weich, dabei wäre ich manchmal gerne ein echter Kerl. Es riecht nach feuchtem Gips. Oben an der Ritze zur Decke sitzt grauer Flaum, aber er bewegt sich nicht. Noch nicht. Die Haarbürste könnte mal ersetzt werden. Ich nehme den Handspiegel aus dem Kosmetikschrank und lege mich in der Wanne unter ihn. Schneide Grimassen. Schaue erst ernst, dann wissend, lächle wie zum Selfie in eine Kamera. Lenke meinen Blick damit auf sonst unsichtbare Stellen. Sehe eine Achselhöhle. Eine Kniekehle. Schaue mir meine Eier von unten an.

Ich betrachte die bunte Shampooflasche, frage mich, wie die abgebildete Frucht heißt. *Papaya* steht in Neonpink darauf, aus Buchstaben wie mit Ketchup geschrieben. Palmen, Silhouetten hinter dem Wort *fresh*. Das Kleingedruckte ist kaum lesbar, aber so lang, dass ich mich frage, wie Pflegeprodukte mit so vielen Inhaltsstoffen gesund sein sollen. Meine Haut sieht gepflegt aus. Etwas trocken vielleicht.

Ich betrachte mich: Alles dran. Versicherungspolicen bezahlt, Gebiss saniert, Blutwerte gut, kein Drama in Sicht. Aber Fingernägel sind Problemzonen, miserables Design. Hätte der Schöpfer weniger Zeit mit dem großen Ganzen vertan, mit dem Universum, der Physik, der Chemie, der Natur und der Pflanzenwelt, besonders aber mit den Insekten, so hätte er an bestimmten Details des menschlichen Körpers einiges zu optimieren gefunden, Brustwarzen zum Beispiel. Lächerlich und bis auf extreme Ausnahmefälle vollkommen nutzlos. Der Haaransatz der meisten Menschen: Eine Zumutung. Ohrläppchen, Oberlippen und Nasenwurzeln sind für sich gesehen eher grässlich. Eine hängende Brust, eine lahme Hand, ein Überbein, eine spitz zulaufende Falte. Weitere Makel, Doppelpunkt: ein Leberfleck am Schlüsselbein, ein Geburtsmal am Steiß, das ich auch nur aus Spiegeln kenne, wie die Haare auf den Schulterblättern. Mein linkes Ohr sitzt höher als das rechte. Meine Augenbrauen wüchsen zusammen, wenn ich sie nicht pinzettengenau daran hindern würde. Für Tätowierungen bin ich gottlob schon zu alt. Meine Haut zeigt erste feine silberne Schuppen über den stark geäderten Händen und Armen. Egal welches Motiv, es würde schon bald schrumpfen wie eine in Seidenpapier gewickelte Gelbwurststulle.

Ich betrachte meine Hände: Satelliten des eigenen Willens. Sie berühren Gegenstände, Türklinken, Messer und Gabeln, Stifte und Briefe, Scheren und Stecknadeln, Bücher und das Telefon. Sie streichen über Kopfkissen und halten Handtücher, sie fassen den Körper an, zu dem sie gehören, berühren das eigene Gesicht, das Haar, das Kinn, die Armbeuge, manchmal auch das Gesäß und oft das Knie. Das Antlitz meines Freundes betaste ich hingegen kaum.

Haben unsere Finger nicht ein viel aufgeräumteres Verhältnis zur Welt als der Rest unseres Körpers? Die vielen Finger, doppelt so viele, wie ich auf einmal im Blick behalten kann. Zehn Finger wie zehn Räuber, verschworen und auf ewig zu Treue verdammt. Sie können meine Handteller nicht verlassen, nicht aus Trotz, nicht aus Protest, nicht aus Müdigkeit. Diese Finger halten sich sonst an allen Gegenständen fest, am Henkel der Tasse, an der Zahnbürste, am Hosenbund, am Bleistift. Jetzt fehlt mir nicht mal der Terminkalender.

Ich berühre mich aus Langeweile. Eine Hand umschließt passgenau das Knie und die Ferse. Die geöffnete Hand bedeckt exakt mein Gesicht. Ich kann mit meinem linken Arm meinen Kopf umfassen und das rechte Ohr berühren. Mit rechts umgekehrt auch, aber es tut weh, seit letzter Nacht, den Arm über den Kopf zu heben oder zur Schulter zu führen. Meine Fußsohle ist genauso lang wie mein Unterarm vom Ellbogen zum Handgelenk. Mein Daumen passt aufs Augenlid. Mein Zeigefinger in den Gehörgang. Mein kleiner Finger ins Nasenloch, der Zeigefinger knapp. Ich kann meinen Hintern überall berühren, auf dem Rücken bleiben unerreichbare Stellen. Ich kann mit beiden Händen meinen Oberschenkel umfassen, oberhalb des Knies, den Hals ganz knapp. Meine Stirn ist so lang wie mein Daumen. Der passt in den Bauchnabel. Meine Knie sehen aus wie Hindernisse, ich decke sie schnell zu. Ich kann verstehen, warum es genormte Maßeinheiten braucht. Mein Fuß, meine Elle. Mein Becken wird taub. Ich darf die Arme nicht auf den nackten Wannenrand legen. Er ist eiskalt.

Eine leere Badewanne ist ein schlechter Ort fürs Überwintern. Die Frühmenschen werden immer mit Fell bekleidet gezeigt. Was ich für bloße Romantik hielt, macht plötzlich viel Sinn. Ohne die Lammfelle aus dem Fundus meiner Mutter könnte ich es hier keine Viertelstunde aushalten, ohne zu frieren. Mit Schaffell ausgekleidet geht es wunderbar.

Die Gegenstände um mich herum haben alle ihre eigene Zeitlichkeit. Das Schaffell ist rund 10.000 Jahre alt, die Keramik viele Jahrhunderte. Die Seife ist noch ganz jung, das Frotteetuch zerfällt jeden Augenblick in Vorübergehendes. Meine Haut ist praktisch vorbei, nur die Knochen und Zähne können sich mit dem Metall der Armaturen zeitgeschichtlich messen. Die Moleküle warten nur darauf, wieder einmal Platz zu wechseln. Kohlenstoff überall. Die Chemie lacht mich aus: Aus diesem Leben auszusteigen, ist keine Option. Für meinen Körper nicht, nicht für die ganze materielle Welt. Ohne Ideen wäre dieser Planet ein verbeulter Tropfen ohne gedankliche Richtung.

Wasser ist Leben, beschwor meine Biologielehrerin uns mit einer ans Religiöse grenzenden Begeisterung. Den Fliesenfugen ist anzusehen, dass sie recht hatte. In Grau- und Grüntönen wird das Silikon langsam verdaut, bietet in jeder Ritze Platz für einen weiteren evolutionären Schritt zur Beherrschung des Landes durch Wesen aus dem Wasser. Seen, Meere und Ozeane verursachen selbst in meiner Vorstellung Ekel. Ich stelle mir immer die tausend Schichten schwimmenden Lebens unter meinem auf der Oberfläche treibenden Körper vor. Die Kraken und Riesenschildkröten, die Heringsschwärme und Aalfamilien, Krebse und Krabbenmuscheln und andere Kriechtiere am Meeresboden. Auch die jahrzehntelang in Zeitlupentempo herabsinkenden Einzeller beunruhigen mich. Die Anzahl von Lebewesen, die in einem einzigen Wassertropfen hausen, lässt mich leer schlucken. Die kleinsten, mit bloßem Auge nicht erkennbaren Organismen, die zitternden Wimperntierchen, Amöben, Mikroben, mikroskopisch kleinen Würmer, dazu tonnenweise Plankton: *Wasser ist Leben* ist eine Zumutung. Es klingt wie eine Drohung aller Mikroorganismen, die nie aufhören, sich zu vermehren. Hier in der Wanne hält mein Körper mit seinem mikroskopischen Darminnenleben hoffentlich die Balance mit den Einzellern und Pilzen, die mich umgeben. Ich bin der Wal und bade im Plankton.

Da nimmt sich die hereinfliegende Kleidermotte fast aus wie unsereins. Zum Flug fähig, mit Wahrnehmungsapparat und Richtung. Motten machen sich nur über feine Stoffe her, Kunststoffe fressen sie ungern. In den sechziger Jahren waren Motten fast ausgestorben, glaube ich. Insekten tragen Außenskelette. Kollegin Kleidermotte! Gestatten: Saum.

Kaum etwas auf der Welt ist uns so nah wie unsere Kleider. Als leere Hüllen warten sie herrenlos auf ihre Auferstehung, wenn wir schlafen gehen. Der nächste Morgen, wenn der Körper wie ein Geist in die Hosen und Hemden und Röcke und Rollkragenpullis fährt, bringt die Stoffe wieder in Form. Angezogen kann ich meistens davon absehen, dass ich ein Tier bin, eingefangen von Bündchen und Krägen, die Arme stecken in Ärmeln, die Hosenbeine sind schon ganz zu unseren eigenen Körperteilen geworden. Kleider sind leicht genug, dass wir sie vergessen können. Aber unsere Haut spürt das Gewebe und entspannt sich darunter, geschützt vor den Blicken der anderen Nacktaffen.

Jeder Arzt geht gern im Kittel. Patienten hingegen kommen im zerknautschten Pyjama. Ein Kind muss kurze gelbe Hosen tragen, damit man die aufgeschlagenen Knie sehen kann. Jeder Versuch der Flucht vor den Kleidsamkeiten endet in der Kapitulation, allein im Bett oder nackt im Bad. Wäre ich Metzger geworden, trüge ich weiße Plastikschürzen und wäre froh um die Zigarettenpausen im Freien.

Ohne Not habe ich am gestrigen Abend einigen Leuten den Glauben genommen, sie würden verstanden. Hoffentlich hatte das keine bösen Folgen. Würde der eine nun einen gebrauchten Rasenmäher anschaffen, um die Wiese ums Haus zu mähen? Würde der andere plötzlich den Hund ins Tierheim geben, weil er dem Anblick der traurigen Augen seines Gefährten nicht mehr standhielt? Würde die Dritte ihre teure Digitaluhr ins Klosett werfen und kräftig spülen? Würde der Vierte nachts im Gartenhaus die Pfennigabsätze der Pumps seiner Frau absägen und am nächsten Morgen im Kimono zur Arbeit erscheinen? Würde die, die auf ihre Pünktlichkeit schwört, bald an gar nichts mehr glauben? Würden die treuen Freunde ihren eigenen Vornamen vergessen haben und die Abkürzungen durch die Stadt nicht mehr finden? Würde die Verwandte plötzlich nicht mehr anrufen, weil sie keine Lust mehr hätte, das Geeignete zu tun? Meine Gäste waren weder unglücklicher oder unwichtiger als ich, nur aufgeregter und abgelenkter.

Da habe ich plötzlich aufgehört, meinen Beruf zu mögen. Ob es die anderen waren, die das Gleiche tun für Geld, oder mein Geiz, mit der verbleibenden Zeit etwas anderes, etwas Neues anzufangen, weiß ich nicht. Manchmal wäre ich lieber Mediziner. Bei jeder Fahrt im öffentlichen Nahverkehr könnte ich innerlich alle Knochen und Sehnen des Passagiers mir gegenüber auf Latein hersagen. Zum Einschlafen denke ich an Konjugationen.

Zweiter Tag
Sonntag

Ein verkaterter und besorgt wirkender Franz kommt mit Frühstück an die Badewanne. Waffeln mit Ahornsirup, Erdbeeren mit Schlagsahne und Aspirin gegen meine Rückenschmerzen. Das frische Hemd schlage ich aus, die Unterwäsche ebenso. In Decken und Kissen und mit dem Heizkörper auf Stufe vier kann ich bequem nackt bleiben in meiner Wanne. Das Bad ist pfefferminzgrün gefliest, knapp zwei auf drei Meter, neben der Wanne ein WC und ein Waschbecken. Fenster ins Freie, ich habe die Kapitänskajüte. Franz hat unten sein eigenes Bad, und ich bin froh darum. Er versorgt mich rührend und bleibt für ein paar Worte bei mir sitzen. Er ahnt schon, dass dieses Wellness-Wochenende länger dauern könnte, und auch ich kann es mir vorstellen. Ich kann mir alles Mögliche vorstellen, aber sagen kann ich es nicht. Und umgekehrt.

Franz meint, es sei normal, sich selbst nicht zu trauen. Franz ist Pianist und sitzt jeden Tag (außer samstags, wenn er irgendwo auftritt oder kocht) im Salon am Flügel und macht Pianistensachen. Übt, komponiert, prüft seine Einfälle am Instrument. Er heißt Gold mit Nachnamen und kommt aus wohlhabendem Haus. Unsere Klingelschilder: Gold. Saum.

Franz trägt an diesem Morgen das graue Hemd,

das mit den stoffbezogenen Knöpfen. Vielleicht habe ich mich auch deshalb für ein Leben mit ihm entschieden, weil er so zuverlässig gekleidet ist. Er gehört zu den Menschen, die nach ihren späten Jugendjahren die Körperform nicht mehr ändern. Er passt seit fast zwei Jahrzehnten in die gleichen Jacketts und Hosen, ohne darin merklich zu altern. Er sah schon als Jugendlicher aus wie mit Mitte dreißig und wird vielleicht für immer so aussehen. Die Kleider meines Mitbewohners lassen den Schluss auf einen stilsicheren und zugleich bescheidenen Menschen zu. Aber so wie er Schuhe putzen kann, so kann er auch fluchen.

Seine Garderobe ist eine, die diesen Namen noch verdient. Man kann ihm die Wochentage nicht ansehen. Man kann nicht erraten, ob es ein Festtag oder ein gewöhnlicher Arbeitstag ist, oder beides. Seine Dienstkleidung unterscheidet sich nur unmerklich von seinem Freizeitlook. Seine prachtvollen polnischen Pantoffeln stehen treu im Erdgeschoss neben der Eingangstür. Dort wechselt er in die weichen rotkarierten Filzslipper, ohne an Eleganz einzubüßen. Man kann sehen, dass er langsam in ein Alter kommt, in dem er beginnt, vor sich selbst Respekt zu haben.

Noch nie habe ich ihn einen Satz sagen hören, der mit *Aber* beginnt. Seine Stimme überschlägt sich nie, obwohl sie höher ist, als sein Körper vermuten lässt. Sie klingt wie die eines schlanken jungen Mannes, sie ist schöner als irgendetwas anderes an ihm.

Franz ist im perfekten Alter. Wäre er ein Brot, müsste man ihn *jetzt* aus dem Ofen nehmen.

Er ist unschuldig. Für seine fast unübersehbare Liebenswürdigkeit kann er nichts. Alles an ihm sagt: *Ich bin da*. Stillsitzen kann er nicht, seine Hände spielen immer mit etwas, die Hosenträger über seinem Bauch sind einzig dazu da, die Daumen mal ruhig zu halten. So ein Mensch könnte alles sein, sogar Friseur. Er kleidet sich wie ein Geographieprofessor oder Dirigent, er strahlt Professionalität aus wie ein Automechaniker oder Uhrmacher. Als Kapitän eines Schiffes wäre er kaum zum Piratenleben verdammt gewesen, weil man ihm seine Gutherzigkeit gleich ansieht. Sein Körper hängt an seinem Hals wie ein großer schwerer Talisman. Grotesk überflüssig, sein Kopf allein hätte genügt.

Sein Kopf hätte auf alle möglichen Identitäten gepasst. Es stimmt, dass Kleider Leute machen, was aber, wenn manche trotz aller Kostüme immer Menschen bleiben? Meine Schwester meint, dass wir einander ähneln. Wir sind die zwei Herren am Basar, die Backgammon spielen. Wir sind die zwei Alten auf dem Balkon in der *Muppet Show*. Wir sind die nach der Geburt getrennten Zwillinge, die einander gerade erst kennengelernt haben. Wir sind die zwei Pferde vor dem Gespann eines abgehalfterten Feldherrn. Wir sind die paarweise verschwindenden Schuhe. Wir sind ein Doppelbett mit zwei getrennten Matratzen. Wir sind Salz und Pfeffer auf den Tischen ländlicher Gaststätten. Wir sind die berüchtigten Retter der langen Tage. Wir sind die, die niemand anspricht, wir sind die, die vorne einsteigen, und wir sind die Beifahrer im Coupé. Wir sind die, denen die anderen gleich sind. Wir sind zwei Überraschte, zwei Haderer, außer wenn es um uns geht. Wir sind die, die nie genug Zeit haben, um alles zu sagen, die, die sich beeilen, den anderen zu Wort kommen zu lassen und ihn dann unterbrechen, die schnell sprechen und schnell zuhören, die die Worte erkennen, bevor sie fallen. Wir sind die, die es nicht geben müsste, außer für uns selbst. Wir sind das Paar, das keines ist. Die Liebe, die anders heißt. Wir sind ein gut getarnter Chor, ein himmlisches Duett, ein gut geteiltes Glück. Werden wir verrückt, jeder für sich, dann wenigstens nicht allein.

An manchen Tagen laufen meine Gedanken aus jeder Richtung auf Franz zu. Jeden Abend möchte ich ihm als Letztes eine Gute Nacht wünschen, und am Morgen freue ich mich auf ein Wort von ihm. Manchmal schaffe ich es, für einen ganzen halben Tag nicht an ihn zu denken, und dann bin ich stolz darauf, dass anderes und andere meine Aufmerksamkeit gründlich von ihm abgezogen haben.

Ich brauche ihn als Freund. Ich will mit ihm in einer Bar sitzen und mit ihm einig sein. Ich erwarte, dass er mich anruft, täglich. Aus Langeweile. Aus den Ferien. Weil er auf den Bus wartet. Weil seine Gesellschaft ihn dauert. Weil er endlich mit jemand Vernünftigem reden will. Weil er mal wieder lachen, sich verstanden fühlen will. Ich wünsche mir, dass er überraschend zu Besuch kommt, sich unerwartet meldet. Mir eine Postkarte schreibt von der eigenen Wohnadresse. Dass er ein Foto von mir besitzt und sich ein langes Leben wünscht, an dessen Ende wir einander gekannt haben werden wie gute Geschwister. Ich will, dass er traurig ist, wenn ich nicht anrufe, und neidisch auf meine Kollegen. Ich will das große und das kleine Glück sein. Gulaschsuppenglück. Alles wäre ganz einfach.

Einmal, zu Beginn unserer Wohngemeinschaft, bat ich Franz, mir seinen Kleiderschrank zu zeigen. Zeigt das Innere des Kühlschranks, aus welchem Stoff jemand gemacht ist, so zeigt der Inhalt des Kleiderschranks, hinter welchen Hüllen jemand sich versteckt. Erfreulicherweise ist Franz ähnlich gebaut wie ich. Es fiel mir leicht, den nächsten Wunsch zu äußern, und ich durfte mir ein Outfit wählen. Strümpfe, Boxershorts, eine Cordhose, ein Leinenhemd, einen Pullover, ein Halstuch. Ich ging damit gleich in mein Stockwerk und zog mich an wie er. Als Franz verkleidet ging ich zu ihm und wir tranken ein Bier zusammen. Es gab Nüsschen dazu. Ich nahm sie mit Schwung zu mir, mit Gesten, die meinem Freund gehörten. So verbrachten wir ein paar gütige Stunden, und gewöhnten uns daran, zu vergessen, wer wir sind, wenn wir angezogen sind wie sonst.

Ich warte bis Mittag tatenlos, nehme aus Langeweile ein Bad in der Wanne, um danach wieder alles abzutrocknen und die Felle, Kissen und Decken hineinzulegen. Vielleicht dämmert Franz wie mir, dass sein Fünf-

Sterne-Service mich auf die Idee gebracht haben könnte, länger als nötig auszuharren. Es gibt nur Wiener mit Senf. Dafür zum Dessert Mousse au Chocolat, selbstgemacht.

Ich habe mir einen rot bedruckten Seidenschal um den Kopf gebunden. Er riecht schlecht, nach Ammoniak. Käme der Geruch aus einem Loch im Boden, wäre es Gestank. Als ich während einer Zahnputzpause kurz den nackten Mann mit dem roten Turban im Spiegel sehe, lächelt er stolz. Der volle Bart und die dicken Augenbrauen wirken wie bei mächtigen Tieren: kontrollierte Macht, gütige Kraft, ein Gesicht wie ein Weiser oder ein gerechter Herrscher. Das Bild über dem Waschbecken überzeugt mich für einen Augenblick von der Güte meiner Augenbrauen, und ich ahne ein Abenteuer.

Ich könnte die Zeit in der Badewanne nutzen, um zu lesen, das Libretto der nächsten Produktion oder die literarische Vorlage einer Oper studieren. Die Biografie eines Idols lesen und endlich dessen Muttersprache erlernen. Klassiker, die seit drei Jahrzehnten aufgeschoben werden, auf ruhigere Zeiten, auf die Pension vielleicht. Womöglich habe ich mich selbst in den Ruhestand versetzt. Aber gerade jetzt mag ich nicht das Richtige tun. Deshalb bin ich ja hier.

So nackt in der ausgelassenen Badewanne fühle ich mich *dazwischen*. Als sollte etwas geschehen, was gerade durch diese Situation verhindert wird. Ich warte darauf, dass die Zeit vergeht, ungenutzt verstreicht, darauf, dass ein Sonnenstrahl die Ecke neben dem Duschkopf über mir trifft. Dann ist es 15 Uhr. Darauf, dass die Sonne die Badezimmertür berührt: Dann ist es Abend. Ich versuche, mich zu erholen, mich zu freuen über das Nichtstun. Es ist, wie wenn man auf einen Überlandbus wartet, der erst morgen fährt. Der immer erst morgen fährt. Und ich wohne im Wartehäuschen.

Wie ein Baby im Brutkasten liege ich weich gebettet, aber splitterfasernackt. Nackt in der Wanne träume ich von Kleidern, gelben Sommerkleidern mit großen weißen Punkten, die ich trage wie ein Strumpfmodenmodell aus den sechziger Jahren. Ich träume mich drehend mit Schürze, ich träume mich in pink karierten Petticoats und flachen roten Sommersandalen. Ich trage die ganze Sommergarderobe meiner Mutter aus der Zeit vor meiner Geburt, die ich nur aus Fotoalben kenne. Ich trage das Tenue der Mutter im Tanzverein und den Dress des Vaters vom Fußballclub, vom Hockeyverein.

Die Wände meiner Träume sind gefüttert und gepolstert mit getragenen Kleidern. In Karussellen stehen sie dicht beieinander, sie drehen sich, wenn ich mich vorbeizuzwängen versuche. Alles ist nach Farben sortiert, der ganze Raum ist ein Farbspektrum aus Stoff. Grün und Gelb sind selten, und wenn, dann ist das Gelb senfig und dunkel. Nur weniges auf den bunten Stoffrädern ist schwarz, einiges ist rosa und rot. Die meisten Karussells sind gefüllt mit dunkelblauen und hellblauen und nachtblauen Hemden, Hosen und Jacketts. Viel graues Gabardine, etwas hellgraues Leinen.

Weiße Hemden und gemusterte Westen, helle Ponchos und Pullover. Blaue Pullover, vor allem. Es gibt einen Ständer mit Krawatten, eine kleine rot-blau karierte Fliege hängt dabei, eine schwarze Bubenkrawatte zur Kommunion. Kurze Hosen in gedeckten Farben, eine Fischerweste in Oliv, eine schwarze Lederjacke und Skioveralls in allen Größen und Farben. Froschgrün, Türkis. Regenjacken und Ölzeug. Eine kleine Sammlung an Bademänteln, die kleinen bunt, die großen ergrautes Weiß in Frottee. Badehosen, eine enge orange, einige sportlich blau, Shorts mit Palmenmuster und aufgedrucktem Sonnenuntergang an einem idealen Strand.

Unterhemden, gerippt, teils verfärbt, einige Säume lose, Unterwäsche, sogar die gewaschen und gebügelt, nach Größen und Farben sortiert. Die kleinsten Unterhosen mit aufgedruckten Schiffchen, die größten dunkelblau und ohne Schiffchen. Da ist auch Festtagskleidung, ein Taufkleidchen mit enormen Rüschen, ein Anzug zum Schulabschlussball, kein einziger Hochzeitsanzug, dafür ein paar Beerdigungsoutfits.

Schuhe: Alle geputzt, auch die abgetragenen sind gewienert, geflickt, gepflegt. Sportschuhe vom Tennisplatz rot eingefärbt, Skischuhe, Wanderschuhe aus der Zeit vor dem Klettverschluss und mit echten Metallösen, flache Lederschuhe, schwarze Tanzschuhe mit Ledersohle, Badeschuhe und Frotteelatschen aus einem teuren Hotel, geflochtene Kunststoffsandalen mit Metallschnalle. Fußballschuhe sehe ich keine, und mancher Absatz ist nicht abgetreten. Im Regal liegen Hüte und Mützen, die orangene Schulpudelmütze, Skimützen wie Sturmhauben, Skihelme, Fäustlinge und Fingerhandschuhe mit und ohne Finger, Schals und vierzehn Sonnenbrillen.

Die Kleider sind weder staubig noch muffig wie in einem Altkleiderladen, sie wirken sauber und gepflegt. Löcher sind liebevoll vernäht und Abnutzungsspuren geflickt. Hochwertiges hängt neben Billigem, ein Stapel handgestrickter wollener Unterhosen lagern neben einem ausgebleichten Frotteelätzchen mit Katzenaufdruck und hellgelbem Saum. Die Farbe bestimmt die Ordnung, die Kleidergröße ist zweitrangig.

Ratlos gehe ich umher mit der sicheren Ahnung, einige der Muster zu erkennen und genau zu wissen, wie sich der Stoff zwischen den Fingern anfühlen würde, auf den Schultern, zwischen den Beinen. Sähe ich nach, nichts würde fehlen. Selbst die Stoffwindeln meiner Säuglingszeit liegen, gekocht und gebleicht, zusammengefaltet in sauberen Körben. Jedes Paar Stiefel ist da, auch die viel zu teuren Seehundfellstiefel, die mir nur einen Winter gepasst haben, als ich noch kaum gehen konnte.

Dritter Tag
Montag

Ich erwache matt, immer noch nackt. Morgens ist die Welt ganz klein. Ich höre die Nässe draußen, da fällt mir wieder ein, wo ich mich befinde. Ich habe eine Wette gewonnen. Gegen mich selbst, mit mir.

Wenn ich mich in der Wanne aufrichte, kann ich einen Vogel im Baum sitzen sehen. Ich weiß nicht, wie man ihn nennt. Es ist kein Buntspecht. Es ist keine Amsel. Keine Kohlmeise. Er hat einen schlanken schwarz-weißen Rumpf und einen braunen Kopf mit steilen Federn. Dahinter liegt das Feld, da steht der Bauer. Wie heißt der Bauer mit Vornamen? Er trägt eine dunkelblaue Wollmütze wie ein Smutje und denkt etwas, dann lächelt er. Sieht er zu meinem Fenster hinauf? Oder hat er auch nur den Vogel entdeckt? Ich ducke mich und versuche mich nicht zu schämen, nur weil ich heute nicht zur Arbeit gegangen bin. Dieser Mensch hat eine rechtschaffene Arbeit, eine Aufgabe, die er guten Gewissens erfüllt. Alles an ihm wirkt wie Erfüllung. Seine Hände stecken in den Hosentaschen eines Blaumanns, sein Blick in den Baum zwischen uns ist bar jeden Zweifels. Kann er meinen Kopf durch die Fensterscheibe sehen? Was denkt er über mich? Denkt er überhaupt je an mich?

Da kommt Franz, pünktlich um acht Uhr, mit Milchkaffee, frischen Crêpes und meinem Laptop. Er übt den statistischen Wochenstart. Er öffnet die Fenster, schließlich ist ja schon wieder Frühling. Der Bauer ist nicht mehr zu sehen. Ich befürchte, dass ich mich nicht der Jahreszeit entsprechend verhalte.

Sobald Franz gegangen ist, werfe ich die Stoffe aus der Wanne und lasse mir ein Vollbad ein. Steigender Pegel. Ich sehe der Physik dabei zu, wie sie sich an die Regeln hält. Verdrängung hat auch den splitterfasernackten Archimedes beschäftigt. Heureka! Plötzliche Erkenntnis. Die Badewanne ist das Zeichen für eine solche Einsicht, der geeignete Ort für den Zusammenhang zwischen mir und der Umwelt. Wo ich bin, ist nichts anderes. Mein Körper nimmt Raum ein. Ohne ihn kann ich nirgends sein. Nur aus der Badewanne kann ich den Rand der Welt beobachten. Wenn ich in ihr bin, verkehre ich außerhalb der Welt. Das Archimedische Prinzip gilt allen Verschonten.

Unter dem Badeschaum entdecke ich eine bläuliche Schwellung am Rist des linken Fußes. Eine Thrombose wäre jetzt ungünstig. Aber dieser Körper hält schon noch eine ganze Weile. Die Zehen scheinen ihre Freiheit als Erste zu feiern. Sie wackeln, wenn ich nicht hinsehe, tanzen am Beckenrand wie an einem Tag am Pool.
    Früher lief ich für einen Sommer schwerelos. Die Turnschuhe in meiner Erinnerung waren leuchtend

weiß, hatten eine weiße Sohle, einen hohen Schaft und drei breite glatte Streifen Klettverschluss über dem Rist. Darin zu gehen, fühlte sich an, als wäre ich der erste 11-Jährige auf dem Mond. Jeder Schritt war ein großer Schritt für mich. Sie passten zu allem. Alles an diesen Schuhen war so wie ein warmer Sommertag ohne Uhrzeit und Hungergefühl. Schuhe als Eintrittskarten in geschlossene Gesellschaften. Für eine Saison wurde ich von den Großen akzeptiert. Bis mir die Schuhe zu klein wurden und damit wertlos für diesen sozialen Status. In meiner Erinnerung sind die Schuhe noch weißer als nötig. Astronautenweiß.

Es leuchtet ein, dass Menschen sich ausdrücken wollen. Sie freuen sich darüber, Spuren zu hinterlassen. Wie Abdrücke im frischen Schnee, als es noch Schnee gab und Fußabtritt nichts weiter meinte als die Form der unverhältnismäßig kleinen Körperunterseite. Die meisten Füße wollen aber nicht nur irgendwo herumstehen, bis der Sand unter ihnen eingedrückt ist und das Wasser die nassen Sohlen nachzeichnet. Sie wollen auch hörbar sein im Klack-Klack der Absätze. Die Fußsohlen halten zuverlässig Kontakt zur Welt, aber sie gehören fast schon zur Außenwelt.

Vor den Schaufenstern von Schuhgeschäften wunderte ich mich als Kind, dass die verschiedenen kleinen Verschiebungen von Form und Farbe, ob Senkel oder Öse, Absatzhöhe oder Schaft, einen so enormen Einfluss auf die Gesamterscheinung eines Menschen haben, dessen Füße in den Schuhen stecken. Maßlos erstaunt bin ich seitdem über die geringen Unterschiede der Schuhgrößen. Nur wenige Zentimeter reichen aus für alle erdenklichen Menschen: Ein Riese, ein kleiner Herr und ein hagerer Jugendlicher, die sperrige Alte, eine gebückte Dame, die Dürre, die dicke Frau und das schmale Mädchen können sich womöglich eine Schuhgröße teilen. Ich kann immer noch nicht glauben, dass so viele Füße in so wenige Schuhe passen. Es freut mich und stößt mich zugleich ab, wie ähnlich wir einander sind. Zumindest von unten.

Ein Ensemblemitglied schickt eine SMS. *Gute Erholung, Ausrufezeichen. War ein tolles Fest am Freitag. Ich freue mich auf die Proben mit dir. Herzlich, Klara.* Meine Abwesenheit ist registriert worden.

Seit ich mich dagegen entschieden habe, mir oder jemand anderem etwas zu beweisen, fehlt mir die Gegenrichtung. Ziellos wie Zugvögel ohne Magnetfeld bleibe ich, wo ich bin, ohne mich aufzuraffen, aufzulehnen, anzuschicken, einzukleiden, mich zu messen, zu zeigen, zu erklären. Selbst im Nahverkehr ist mir seit Kurzem egal, ob ich dem unfreiwilligen Gegenüber sympathisch bin. Früher ging ich nur frisiert nach draußen, selbst zum Bäcker morgens. An der Supermarktkasse stand ich mit geradem Rücken wie vor einem Schiedsrichter, und mit einem unfehlbaren Instinkt für Menschen, die mir etwas nutzen konnten. Jetzt sind mir selbst jene egal, die mir helfen könnten, alte Träume zu erfüllen.

Sportlich bin ich nicht, aber die Ausdauer, in meiner Wanne zu bleiben, zeigt Wettkampfgeist und Willensstärke. Wer ist mein Gegner? Wenn ich wach bin, nehme ich mir immer zur vollen Stunde vor, Kniebeugen zu machen, und Dehnübungen vor dem Fenster. Achtung beim Waschbecken, es wäre eng. Im Sänger stecken auch Enge und ein wenig Angst. Enge und Angst sind etymologisch verwandt.

Nur aus Übermut und Übersättigung bin ich hier gelandet. Ich bin noch fast jung, in den angeblich besten Jahren, und fühle mich seit wenigen Jahren vorsichtig unabhängig. Ehepartner und Blutsverwandte habe ich mir erfolgreich vom Hals gehalten. Ein Badezimmer wie dieses ist keine schlechte Isolierzelle. Die Ausscheidung ist geregelt, das intimste Grundbedürfnis geklärt.

Dieses ständige Auf und Ab der Sonne macht einen ganz mürbe. Wer keine Stunden braucht, kann auf den Lauf der Schatten gut verzichten. Es beginnt wieder zu regnen. Das Geräusch der Tropfen an der Fensterscheibe sagt: *Bleib da drinnen, nass wirst du hier draußen auch.*

Erstaunlich, wie wenig ich vermisst werde, wie wenigen ich fehle. Ich habe unterschätzt, wie entbehrlich ich bin. Manche atmen in der Stille, die ich für sie bin, auf. Ich hätte mehr Emails erwartet. Ich hätte gehofft, jemand riefe mich an, ein alter, verlorener Freund vielleicht, der nachts auffuhr, weil er spürte, dass ich ihm plötzlich fehlte. Aber sobald beide Eltern tot sind, gibt es keine garantierte Liebe mehr. Selbst Geschwister können zu Feinden werden.

Ich stelle nichts her außer Zeit und lasse die Stunden über mich ergehen, weil ich es kann. Weil ich rundum versorgt bin. Ein Vogel im Nest. Franz tippt ans Nest und bringt Holundersirup und Serviettenknödel mit Pilzsoße. Er ist der komische Vogel von uns beiden.

Was täten wir wohl, wenn es nichts mehr zu tun gäbe? Wären wir immer noch nett zu den Kollegen? Wäre es genug, die Zeitung zu lesen, anstatt sie morgens aus Zorn in Flammen setzen zu wollen? Was könnte man anzünden, ohne dass es verbrennt? Woher will ich wissen, ob ich hier wieder heil rauskomme? Wer sucht nach mir? Was würde Mutter sagen? Was Vater nicht? Wenn ich die Augen offenlasse, bis sie brennen, kann ich die Bewegung des Sonnenlichts auf den Keramikkacheln verfolgen.

Eine SMS von Iris, einer alten Schulfreundin, die Mathematikerin geworden ist. Sie war die, die mir bei Prüfungen immer geholfen hat, mich abschreiben ließ, mir die Lösungen unter dem Tisch zusteckte. Sie fand es nie lästig, mir etwas zu erklären, auch wenn ich danach weniger verstand als zuvor. Inzwischen hat sie eine ordentliche Professur und arbeitet daneben für die Wirtschaft.

Iris ist ein hingebungsvoller Mensch. Ihre Hingabe gilt der Bühne, dem Theater, der Oper, allem, was vor einem freiwillig anwesenden Publikum geschieht. Seit sie, wie sie sagt, kein Privatleben mehr hat, geht sie jeden Abend in einer anderen Stadt ins Theater. Sie fährt weite Strecken mit dem Zug. Sie nimmt auch das Flugzeug, um in Wien bei einer Premiere dabei zu sein, um am nächsten Tag zurückzufliegen nach München. Danach mit dem Zug nach Zürich, nach Lausanne, nach Paris und weiter nach Hamburg. Oft, gleich am nächsten Tag, schreibt sie mir per SMS eine kurze Kritik. Sie ist eine begnadete Zuschauerin, aber ungnädig. Sie sitzt überall in der ersten Reihe und sieht sich genau an, was ihr da vorgemacht wird. Sie ist eine schöne Frau, sobald sie sich nicht langweilt

Iris ist wie alle zivilisierten Menschen nach irgendetwas süchtig. Aber nicht nach Alkohol oder anderen Drogen, nicht einmal nach Sex. Sie ist süchtig nach der Bühne. Sie hätte das Zeug gehabt zur Opernintendantin, wenn sie nicht Mathematikerin geworden wäre. Mit Herz und Seele, wie man so sagt, Mathematikerin mit Herz und Seele. Ich verstand nie, was sie mit der *reinen* Mathematik meinte. Und ich konnte mir nie erklären, wie ein Mensch, der so gut mit Zahlen und Formeln umging, verstehen konnte, was Töne bedeuteten. Obwohl sie mir immer wieder versicherte, Mathematik sei Musik, Musik sei hörbare Mathematik. Zahlen beruhigen die einen und vertreiben die anderen, sagt Iris oft.

Weil mir langweilig ist, stelle ich mir vor, wo Iris sich gerade aufhält. In welchem Zugabteil, immer erste Klasse, in welchem Flugzeug, *Business Class*, sie ihren Verdienst als Professorin verjubelt. Ich frage mich, in welchem Foyer sie gerade mit niemandem spricht, stelle mir vor, wie sie danach ins Hotel spaziert oder in eine ihrer Wohnungen. Ob sie wohl badet? Sie trägt immer das gleiche Kostüm: blaue Bluse, weiter grauer Rock, ein graues Jackett. Iris ist eine der wenigen, die meine Zweifel kennen.

Ich hadere mit meinem Instrument. Die Kollegen und Kolleginnen vom Orchester wissen immer, was zu tun ist, wenn sie ihr Arbeitsgerät auspacken, zusammenstecken und abwischen und an ihren Körper setzen. Wenn sie sich ausrichten und zu spielen beginnen, sind da *zwei* Körper, die einander berühren. Mein Instrument jedoch sitzt *in* mir, es wohnt in meiner Brust, im Hals, im Mund. Im Kopf, in der Stirn, im Nacken. Ich kann es nicht ablegen, ich kann es nicht wegpacken in einem Koffer. Ich kann das Haus nicht ohne mein Instrument verlassen. Ich höre es täglich, sogar beim Bäcker bestelle ich das Brot mit meiner Stimme. Manchmal reut es mich, meine Einkäufe nicht öfter singend zu erledigen. Provinz ist ein schönes Wort für einen Ort, wo die Bäckerin die Berufe ihrer Kundschaft kennt. Aber es ist ein kindischer Gedanke: Wo kämen wir da hin, wenn alle ihre Berufe dauernd auf den Zungen trügen? Unsicher über den Wert meines Brotberufs, denke ich daran, was eigentlich jene Menschen von Sängern halten, die sich nichts aus Musik machen.

Das Problem liegt darin, dass ich nicht Abstand nehmen kann von meinem Instrument. Ich kann es nicht auslagern, meinen Frust nicht verringern, indem ich Distanz dazu gewinne. Kann nicht zornig den Klavierdeckel zuschlagen oder beleidigt das Futteral zuschnappen lassen, um für einen Moment meinem Unmut Luft zu machen. Geht mir die Puste aus, ist die innere Orgel still. Kommen die Klänge nicht, wie ich mir das vorstelle, will ich mir an die Gurgel fahren und alles herausziehen. Ich kann Grimassen schneiden vor dem Spiegel, kann mir beim Singen innerlich die Zunge rausstrecken. Kann in die Knie gehen oder mich im Kreis drehen, um die Töne aus mir herauszuschleudern, bis mir schwindlig wird. Auf meiner Stimme sitzt mein Kopf und der kann alles schwer machen. Wie ein siamesischer Zwilling. Verwucherte Geschwister ohne Hoffnung auf Trennung jemals, an den falschen Stellen zusammengewachsen. Meine Stimme ist das eitle Biest, das ich mit meinem Atem füttern muss.

Üben ist ein mühseliges Wort. Mühsal könnte *Übsal* heißen. Beim Sport sagt man nicht, man müsse *üben*. *Training* ist ein cooleres Wort, aber ich bleibe dennoch unsportlich. Üben, allein, als ausgewachsener Mann, in meinem Alter, klingt nach Nachsitzen. Aber alle Musiker machen das und fühlen sich offenbar nicht niedlich dabei. Was soll ich noch lernen? Ein neues Hobby? Musik ist ja kein Vergnügen.

Wale singen angeblich auch. Sind Walgesänge Kunst? Noch nicht. Vielleicht, wenn es keine Menschen mehr gibt.

Ein weiteres Problem: Meine Berufspraxis zwingt mich zu Reisen in Städte ohne Freunde, zu Aufenthalten in Hotelzimmern, oft nur mit Dusche, in denen der Flachbildfernseher und die Minibar die einzigen Ansprechpartner sind. Monatelang unterwegs, kein Zuhause, nur auf Zeit. Jede Liebesgeschichte dauert nur eine Nacht, lediglich die Beziehung mit dem ständig wechselnden Publikum ist einigermaßen stabil.

Luxemburg, etwa. Das Hotelzimmer dort war so klein wie erwartet, es lag wie vereinbart unter dem Dach und hatte keine Badewanne, dafür ein eigenes WC. Entweder – oder, hieß es an der Rezeption. Es befand sich am hinteren Ende des Ganges, und weil keine Feriensaison war und alle Türen zu den bezugsfertigen Zimmern offenstanden, konnte ich sehen, wie sich die Sonne auf alle Betten warf, in denen ich nicht schlafen würde. Eines dieser Zimmer wartete auf mich. Es hatte hohe Decken und weit oben ein halbrundes Rosettenfenster. Im Licht, das durch die Fenster fiel, leuchtete der Raum mit allen Spuren des Abgewohntseins: ein Sessel, ein Tisch, ein Stuhl, ein alter Massivholzschrank, ebenso das Bett, alles war aus altem Holz und Licht. Das Fenster befand sich zu hoch oben, als dass man, selbst auf Zehenspitzen, nach draußen hätte sehen können. Das Zimmer unterm Dach war Absicht gewesen, ich wollte die beste Aussicht haben über die Stadt. Ich stieg auf den Schrank, stieß dabei versehentlich den Stuhl um. Ich war gewillt, das Möbelstück für eine einmalige Aussicht zu ruinieren. Oben atmete ich kaum, das dünne Holz unter mir krachte zweimal laut. Dächer, sonnenbeschienene Firste, eine flatternde Fahne mit Stadtwappen, dahinter, weit weg, blauweiße Flecken, die Berge hätten sein können. Es knackte abermals, und ich wagte nicht, mich aus meiner Hocke aufzurichten. Ich musste schnell entscheiden, wie ich hier wieder herunterkäme, ohne ins Innere des Kleiderschranks einzubrechen. Ich zählte laut eins, zwei, drei, und sprang, in Gedanken an meine alte Turnlehrerin aus der Grundschule, auf das gemachte Bett.

Vor dem Frühstücksbuffet lief am nächsten Morgen ein Jugendlicher auf und ab, auf seinem T-Shirt das Wort *perception*. Wahrnehmung und Verdrängung waren – wie alle Wahrheit – zu gleichen Teilen Psychologie und Physik. Viele Mitmenschen mühen sich damit ab, gut auszusehen, während sie langsam und unaufhaltsam sterben. Sie frühstücken gedankenlos und schaffen es, die Lifttür zugehen zu sehen, ohne an all die verpassten Chancen ihrer Jugend erinnert zu werden.

Wäre ich Popstar geworden, wäre ich auch nach der Show Popstar. Ich hätte direkt nach dem Auftritt feiern können, mich berauschen, rauchen, trinken oder mit mehreren Menschen gleichzeitig in einem kreisrunden Bett auf hellrosa Samtlaken Sex haben. So stelle ich mir das vor. So wie alle sich vorstellen, dass der Heldenbariton mit weinrotem Seidenschal an der verkupferten Hotelbar an einem Glas Martini nippt und an die Unterwäsche der entzückenden Anwesenden denkt. Dabei hasse ich weinrote Kleidungsstücke und gehe meistens allein mit einem Pils aus der Minibar ins Bett, schaue Vampirfilme oder Unterwasserdokus, um mich zu gruseln, und wäre lieber anderswo, zum Beispiel zu Hause. Mehr zu Hause als in meiner Badewanne kann ich kaum sein. Eine Nacht werde ich sicher noch bleiben. Und ich nehme mir nicht vor, morgen wieder zur Arbeit zu erscheinen.

Aus dem unteren Stockwerk klingen ein paar Noten herauf, dann bricht die Musik ab. Es war eine Sarabande.

Kann man sich selbst in den Schlaf singen?

Vierter Tag
Dienstag

Es dämmert, ohne Publikum. Die schimmligen Fliesenfugen sind im Halbdunkel zu grauen Gittern geworden und sehen abgestorben aus. Die bunten Decken wärmen auch im Dunkeln, wenn sie still und schwarz daliegen. Sie beginnen zu riechen, aber vielleicht ist es auch das Haus, der Wald oder meine Haut.

Meine Innereien beklagen sich über die Behandlung der letzten Tage. Bewegung fördert die Verdauung. Gute Vorsätze funktionieren nie, wenn sie meinem Körper guttäten. Als müsse ich mich an ihm rächen. Das mache ich ganz diskret, nur ich selbst merke es. Niemand sieht es. Älter bin ich schon geworden, aber meine Mimik macht es wett. Nun hoffe ich auf Linderung und auf guten Schlaf. Was wollte ich auch wieder hier? Was sollte ich hier noch mal finden? Mit mir selbst auskommen: einen Versuch war es wert.

Kurz darauf kommt Franz aufgesetzt gut gelaunt mit Kaffee und sieben Blaubeermuffins, bringt mir die Zeitung und anderen Lesestoff. Zum Zeitvertreib an diesem verpassten Werktag blättere ich in Katalogen, in denen Menschen Kleider tragen, die ihnen nicht gehören. Dienstag sollte Diensttag heißen.

Die arbeitende Bevölkerung trägt gerne den passenden Rock. Die Modelle für Arbeitsbekleidung sehen gesund und hilfsbereit aus. Sie lächeln vor großen Blumenwiesentapeten in Fotostudios. Eine blaue Latzhose steht da und grinst, Gummistiefel glänzen und eine Auswahl karierter Holzfällerhemden lädt zum Waldspaziergang ein. Diese Latzhose sieht unbesiegbar aus. Die Stellen am Knie und an den Hinterbacken sowie den Taschen sind verstärkt und mit leuchtenden Aufnähern besetzt. Sie rufen: *Komm nur, Welt der Ecken und Kanten, kommt, ihr Strünke und Wurzeln, kommt, Klingen und Harken, ich bin gerüstet!* Diese Rüstung schützt vor der Welt, der die Höhlenmenschen noch mit Fellen und Tierhäuten trotzten, heute sind die doppelschüssigen Polyethylenfäden sogar feuerfest und säureabweisend. Grüne Gartenhosen stehen da, aufrecht gehalten von einem schweren Mann mit Hut. Ich sehe mir die Bestellkataloge an wie einen Atlas zum Zustand einer zu heilenden Welt. Solide Berufe, die gänzlich ohne drohende Sinnfragen ausgeübt werden können, genießen meinen uneingeschränkten Neid. Ich als Sänger muss mich ständig fragen, wem ich wirklich nutze. Perfektionismus ist eine Sache von Leuten, die sich ihrer Sache nicht restlos sicher sind. Aber man sagt, ich sei ein anziehender Mann.

Letztes Jahr suchte ich mir einmal online einen Blaumann aus, einen robusten, doppelt vernähten, mit Druckknöpfen bis zum Kragen. Auf der linken Brusttasche konnte ich mir einen Namen wünschen, der eigens dafür gestickt wurde, und ich wählte meinen Zweitnamen,

Amadeus. Mein Blaumann kam nach nur acht Tagen mit der Post und passte nicht wie angegossen. Das wäre auch unbequem und unpassend gewesen, wollte ich mich doch darin bewegen, in die Knie gehen können, die Arme heben über den Kopf, wie ich es sonst selten tue. Amadeus war sehr gerade geschnitten. Die Fachleute für Blaumänner hatten darauf Wert gelegt, an den geeigneten Stellen vom Rumpf aus vier Röhren anzubringen und oben ein Loch für den Kopf freizulassen. Als enorme Puppe verkleidet ging ich fortan im Wald spazieren und übte ein festes *Grüß Gott*, wenn mir eine Spaziergängerin oder ein Hundehalter entgegenkam. Ich war sichtlich in einer wichtigen Mission unterwegs. Meine neue angebliche Berufskleidung gab vor, gebraucht zu werden, weil irgendwo ein Automotor den Geist aufgegeben hatte oder eine Wasserleitung verstopft war. Blaumänner sind Ritter der Zivilisation, Retter in der Not.

Christophorus trug auch blau und das Jesuskind ans andere Ufer, und das ohne Gummistiefel. Ich wählte mir gelbe. Ich bereute es und bestellte noch die schwarzen. Schließlich hatte ich beide und trug die einen draußen (schwarz), die anderen im Haus (gelb). Nach ein paar Tagen hatten sich meine Füße an das neue Klima gewöhnt. Eine Einlage aus Kaninchenfell sorgte für ein Weltraumspaziergangsgefühl, wie ich es seit meinen Klettverschlusstagen nicht mehr erlebt hatte.

Rätselhaft ist mir jetzt, dass ich bisher nie Verdacht geschöpft habe angesichts der Haltlosigkeit der angeblichen Werktage; nun vergehen sie nutzlos außerhalb meiner Wanne. Keine Uhrzeit bedeutet mir noch was. Nichts scheint zwingend.

Da erinnere ich mich ausgerechnet an meinen Firmungsanzug. Die gestrickte Jacke aus fester Wolle hatte an den Schultern kleine wollene Bommeln. Alles an dem Teil schien selbstgemacht, die Wolle kratzte am Hals. *Firmung* klingt nach solidem Ritual, Festigung. Wer konnte das nicht dringend brauchen? Vor allem als Vierzehnjähriger.

Meine Erinnerung an jenen Tag ist die einer zarten Erleichterung. Waren meine pubertierenden Jahrgangskameraden unansehnlicher denn je, hatte sich meiner ein hungriger Wachstumsschub bemächtigt. Die mich umschlingenden Fettringe schoben sich an meinen Knochen aufwärts und verteilten sich gleichmäßig auf dem in die Höhe schießenden Körper. Die weichen Würste an meinem Bauch und den Oberarmen und die spitzen Hüte auf meiner weichen Brust hatten sich immer wie eine berührungsempfindliche nasse Filzjacke getragen. Doch endlich war meine Haut näher am Inneren eines Körpers, mit dem sich abfinden zu können möglich sein würde.

Freude brachte an jenem Tag auch die Entdeckung von Kniestrümpfen, die mir zu diesem Anlass feierlich übergeben wurden und die ich noch vor dem Kakao und der allerersten Tasse Kaffee meines Lebens anzuziehen hatte. So saß ich in Unterhemd, Unterhose und Kniestrümpfen um sieben Uhr morgens allein am Küchentisch und konnte mich über die singenden Vögel draußen vor dem Fenster nicht recht freuen. Aber seit diesem Tag trage ich schwarze Kniestrümpfe, außer in den gelben Hausgummistiefeln, im Bett und in der Badewanne, zu jeder Jahreszeit, bei jedem Wetter. Und bis heute ist mir der Anblick der oft unfreiwillig entblößten bleich-haarigen Region über Männerknöcheln zuwider.

In der Kleidersammlung meiner Erinnerung will ich nachsehen, wie es um meine Strümpfe steht. Neben den Kleiderkarussellen in meinem Kopf steht ein hüfthoher Gittertisch, wie jene, die neben den Kassen von Discountern wartende Kundschaft noch mit einem Schnäppchenmehrfachpack verführen. So eine prall gefüllte Korbauslage vor mir ist bis zum letzten Platz gefüllt mit zig kleinen dunklen Strumpfbündeln. Die Welt der Habenden hatte beschlossen, den Verlust einzelner Strümpfe als eine der größten Miseren des Alltags zu beklagen, wodurch landauf landab verwaiste Strümpfe auf ihren Zwilling warteten. Vergeblich. Manche Menschen waren dazu übergegangen, Strumpfpaare nur noch eng umschlungen und verknotet zu waschen, um das Schlimmste zu verhindern. Trotzdem habe ich hier vor mir eine Batterie von gut hundert Strumpfpaaren von beachtlicher Vollständigkeit. Grau ausgebleicht sind manche, ausgefranst oder am oberen Saum lose. Dunkelblaue sind dabei, einander fest umarmend wie ängstliche Nagetiere, Nesthocker ohne Augen, pelzige, fusselige und weiche Doppelwesen. Es sind auch Paare darunter, die ich, selten zwar, aber in dem mächtigen Wunsch, einmal das Richtige zu tun, eigenhändig geflickt hatte. Ich lasse meine Finger über die kleinen Bündel mit den roten, pinken und gelben Schnäuzchen gleiten, ungläubig und froh über diese unwahrscheinliche Anhäufung unbeobachteter Nebensächlichkeiten.

Einen solchen Strumpf hatte ich mit silbrigem Lurex-Faden geflickt, der lange rieb am großen Zeh und dem Strumpf gerade deshalb den Status des Lieblingsstrumpfes gewann, auch, weil die Hornhaut am großen Zeh, die mir meine Großmutter ungefragt vererbt hatte, mitwuchs mit den Aufgaben, wie wir alle. An der unebenen Anatomie meiner Füße hatte auch die hastig verlaufene Pubertät nichts zu ändern vermocht. Ungefähr zur Volljährigkeit beschloss ich endgültig, dass Sandalen nicht für mich auf der Welt sind, und ich sah mich fortan nach schlichten Lederschuhen um. Ihr Tragekomfort hatte nichts mehr mit den Turnschuhen aus meiner Kindheit gemein, die von nun an auch offiziell hinter mir lag und hinter jenem trüben Schleier zu versinken begann, den die wirklich Erwachsenen seufzend eine *unbeschwerte Kindheit* nennen, um für die nächste Generation die Möglichkeit zu wahren, die Kindheit als das Paradies wahrzunehmen, das sie nicht ist.

Die Erinnerung an den Firmungsanzug und an die vollständige Sammlung meiner jemals getragenen Kniestrümpfe stimmen mich nachdenklich.

Fehlende Strümpfe sind ein Allgemeinplatz, auch meine Mutter wusste das. Sie tat sie in netzartigen Säckchen in die Waschmaschine und hielt so die Pärchen zusammen. Ehrgeizig war sie und der einzige Mensch, den ich kannte, der zugehörige Socken *gemeinsam* entsorgen konnte, wenn *einer* davon löchrig oder fadenscheinig geworden war. Strumpfhosen aus Nylon pries sie zeitlebens als eine besonders wichtige Erfindung des 20. Jahrhunderts. Nylonstrumpfhosen gehörten zum Besten, was unser Zeitalter hervorgebracht habe, sagte sie oft. Deren Erfindung genoss sie täglich; auch an warmen Sommertagen trug sie welche, nicht immer schwarz oder grau, aber immer *blickdicht*. Das dünne feste Gewebe hielt ihren Körper zusammen wie eine zweite Haut. Ohne Strumpfhosen fühlte sie sich nicht nur nackt, sondern von Auflösung bedroht. Wie ein Stückchen Würfelzucker im Tee, ohne feste Grenzen und gefährlich lose. Lieber gehe sie *oben ohne* auf die Straße als ohne Strumpfhose, übertrieb sie an heißen Tagen. Sie ließ es sich gefallen, ausgelacht zu werden, und es störte sie nicht, weil sie recht hatte. Kunststoff hatte ihre Jugend geprägt. Alle Formen und Farben waren machbar, kein Grün zu grell und kein Orange zu feist. Wie viel Liter Rohöl hat meine Mutter in ihrem Leben spazieren getragen?

Meine Mutter ist vor vier Jahren gestorben. Die Nachricht von ihrem Tod kam telefonisch, aber nicht überraschend. Sie wollte in dem zu großen Haus lange schon nicht mehr allein leben, und mit neuen Menschen zusammenzuziehen, noch dazu mit Alten, kam für sie nicht infrage. So musste sie abwarten, bis ihre Tage verbraucht waren, die wie die Sekunden einer Küchenuhr sinnlos tickend vorübergingen. Ihre Küchenuhr war ein Kunststoffapfel, an dessen Äquator die Minuten einer Stunde aufgemalt waren, die man horizontal zueinander verdrehen konnte.

Als ich damals zum Haus meiner toten Mutter unterwegs war, rief mir jemand zu: *Frühlingsanfang!* Ich dachte darüber nach, welches Datum es wohl war, und achtete nicht sofort auf das Wetter. Der Frühling war mir wie jedes Jahr egal. Der Herbst machte mir mehr Eindruck. Das Licht war genauer gesetzt, sparsamer, dramatischer, wirkungsvoller. Der Sommer wiederum war wie ein vollausgeleuchteter Bühnenraum in der Mittagspause, jeder Riss und jede Falte stand da im Rampenlicht. Pralle Sicht auf alles, wie hartes Licht am Morgen, wenn der Club schließt. Nichts war weggelassen, nichts war entschieden im Hochsommer, alles war gleich wichtig. Und damals im angeblichen Frühling schickte sich der Busch vor dem Fenster an, alle Blüten gleichzeitig zu öffnen. Das allein machte mich misstrauisch. Ausgerechnet im Frühling zu sterben, nehmen manche Leute persönlich.

Schon wenige Tage später hatten wir die Mutter *beigesetzt*. Das Wort sagt viel über die geordnete Distanz, mit der sich die Familie ihres emotionalen Epizentrums entledigte: Ich wunderte mich darüber, dass die Mutter am Tag ihres Begräbnisses nicht mehr ganz in ihr Taufkleid gepasst hätte. Die schrumpfende Lebenserwartung der alten Dame zeigte sich auch an den kurzen Wegen in ihren letzten Tagen. Keine Reise war geplant, nicht ohne Gatten, der schon seit drei Jahrzehnten in der Grube auf sie wartete und sich in der Zwischenzeit zersetzt hatte. Niemand hatte von mir erwartet, am Sarg meiner eigenen Mutter zu singen.

Meine Schwester klagte im Anschluss an das Begräbnis über die Stille nach dem Gebet in der Kirche, und über die tonlosen Stimmen, die die Lieblingslieder der geliebten Mutter zu singen versuchten, aber das Singblatt war spiegelverkehrt abgedruckt. Alle hatten sich wacker geschlagen, trotz allem.

Meine Schwester sagte später am Telefon, es komme einiges auf uns zu. Taschenweise. Kleidungsstücke, Blusen mit dazugehörigen Broschen, Mäntel mit abnehmbaren Winterkrägen, Sommerröcke in der richtigen Länge. Unsere Mutter habe immerhin anständig gekleidet das Haus verlassen, ohne dabei bieder zu wirken. Blumenmuster nach englischer Art, Schals, ein raumhohes Schrankabteil voller Schärpen und Foulards, gemustert, handgefärbte Seide, kleinteilig bestickte Tücher, plissierte Stofftüchlein in türkis, petrol, hellblau, algengrün und schlammfarben. Schmale, mit kleinen Perlen besetzte Halsbänder, japanische Schärpen, zwei Kimonos, eine Kleiderstange voller Strickwaren. Janker und Westen, Schulterüberwürfe für den Sommer, leichte Herbstponchos, gerippte handgestrickte Wollpullover mit applizierten Kirschstrickereien. Meine Schwester musste diese Schätze sichten, und diese Aufgabe wog schwerer als die Organisation der Abdankung, die Bestellung des Blumenschmucks, die Auswahl der Lieder und des Sargs, die Adressierung der Partezettel, die Aufgabe des Zeitungsinserats, die administrativen Briefe und Telefonate mit Versicherungen, Banken, dem Notar, und unliebsamer Verwandtschaft. Diese Kleiderschränke, meinte sie, diese Kleider seien das schwerste Erbe. Leere Hüllen eines Menschen, dem sie ihr Leben zu verdanken hatte. Was ihr abverlangt wurde, war eine unfreiwillige Aufgabe. Aber Freiwilligkeit ist das Gegenteil von Geborenwerden.

Im Schlafzimmer meiner toten Mutter stand das leere Bett, daneben meine Schwester am Kleiderschrank, die Hände hinter dem Rücken verschränkt. Diese Geste hatten wir beide vom Vater, ein haltbares Erbe: Körperhaltungen. Beim Gehen, beim Stehen, lag in den ineinandergelegten Armen, den ineinander gefalteten Fingern, den einander überlassenen Handflächen, die größte Entspannung. Ein verkörpertes Nichtsanfassenwollen. So stand die große Schwester am geöffneten Kleiderschrank unserer Mutter und hielt ihre eigenen Hände hinter dem Rücken, ohne gefesselt zu sein. Die kinderfreie Anwältin mit wechselnden Liebesbeziehungen, immer bereit, sich ihre Unabhängigkeit von niemandem vorhalten zu lassen. Single aus Prinzip, männerlos und zufrieden mit einem Bruder, den sie als

Mann ihres Lebens anerkennt und notfalls zu Empfängen mitnimmt – und den sie nicht mehr beeindrucken muss.

Karneval war damals gerade vorbei gewesen. Der bunte Klamauk war die beste Zeit zum Sterben. Ich durfte dabei sein, wie meine Schwester jedes Tüchlein einzeln ausbreitete, die oberen Ecken mit spitzen Fingern fasste und vor sich hinhielt, einmal, zweimal ausschüttelte, bis es fast glatt vor ihren Augen hing, jedes farbig bedruckte, bestickte, gewalkte, verzierte Tuch einzeln. So würden Stunden vergehen und Gespräche sich verheddern in alten Geschichten. Erinnerungen an ein Muster wurden zum Maßstab für die Auswahl der guten Stücke. Sentimental war meine Schwester nicht, das zeigte sich jetzt. Sie verurteilte auch die Frau nicht, deren Hüllen sie Stück für Stück in die Hände nahm. Sie erledigte die Arbeit wie eine Arbeit, etwas, das getan werden musste, ohne Zweifel oder Zorn. Aber bis sie die Kleider nicht aussortiert habe, könne es nicht weitergehen mit ihrem eigenen Leben, behauptete sie. Ich saß in der Ecke des geräumigen Schlafzimmers auf einem barocken Sessel, meine bestrumpften Füße auf dem sauberen Velourstteppich in hellem Apricot. Auf Distanz sah sogar eine teure Handtasche nützlich aus. Die Sehnsucht nach einem haltbaren Zeichen der Anerkennung kostete manchen Menschen fast den Verstand. In einer Tasche fand sich ein Garderobenticket aus Metall, dreistellig, wie von der Garderobe im Schauspielhaus, eine zufällige Glückszahl. Was konnte das schon bedeuten!

Was wir mit den Kleidern der Mutter tun sollten, die die Schwester nicht *zum Andenken* behalten wollte, wussten wir nicht auf Anhieb. Unsere Tante wollte die Kleiderberge sicherlich auch sichten, den Rest wollten wir zum Roten Kreuz geben, die wertvollen Sachen in den Secondhandladen am Stadtrand. Das andere, ausgewaschene Wäsche, abgetragene Büstenhalter in beige und dunkelweiß, Strumpfhosen, Nylonstrümpfe, Unterhemden und Nachthemden, steckten wir in knisternde Säcke der Kleidersammlung, wo sie später zerschreddert und zu Filzdecken verarbeitet werden würden. Der Bauer kaufte immer wieder Stopffilz für seine kleine Werkstatt. Vielleicht fanden sich bald manche Fasern von Mutters Unterwäsche auf der Werkbank des fleißigen Mannes.

Ich behielt von Mutters Kleidern nur einen korallenroten Seidenschal, einen Kimono und den Hochzeitsanzug ihres verstorbenen Gatten, der in ihrem Schrank auf die Kleidersammlung gewartet hatte, bis ich kam. Viele der Kostüme waren von ihr selbst gemacht. Aus einem Drang zur Unabhängigkeit hatte sie sich als junge Frau zur Herrenkonfektionsschneiderin ausbilden lassen, übte den Beruf nach der Hochzeit mit meinem Vater aber nur noch zum Vergnügen aus. Hin und wieder nähte sie etwas für die fülliger werdenden Körper ihrer Freundinnen. Warum es Schneiderin heißt, obwohl sie näht, hat mit schneiden zu tun. Der Schnitt, sagte Mutter immer, der Schnitt ist alles. Nur durch die weiche Architektur der unwahrscheinlich geformten Stofflappen, die zusammengefügt das Volumen des Körpers abbilden, nur durch die Hohlform aus asymmetrisch geschnittenen Stücken Stoff könne aus einem Menschenkörper eine *Figur* werden.

Kurz vor meiner Geburt hatte sie an der Oper in der Kostümabteilung gearbeitet. Vielleicht hatte sie mehr mit meinem heutigen Leben zu tun, als mir lieb ist. Zwar hatte sie von ihrem Mann das Haus, Land und zwei Pachthäuser geerbt, die Arbeit im Kostüm aber hatte ihr das Gefühl gegeben, gebraucht zu werden und etwas Ordnung zu schaffen.

Obwohl ich kein Kind mehr war, erhoffte ich mir, im Kleiderschrank einen Brief meiner Mutter an ihr Kind zu finden. Einen schriftlichen Beweis dafür, dass sie an mich gedacht hat, kurz vor ihrem Tod. Dass es ihr schwer fiel, ihr Kind zurückzulassen, für das sie ihr Leben lang alles getan hatte. Ihr Leben lang Zeit genug dafür hätte sie gehabt. Schon lange war sie schwach gewesen, aber nicht zu schwach, um einen Stift zu halten. Ein Zettel hätte genügt. *Liebes Kind, ich habe dich lieb, deine Mama.* Es wäre einfach gewesen. Diesen Brief fand ich nie. Also begnügte ich mich mit einem Stück Stoff und einer Garderobenplakette. Für welche Vorstellung?

Fünfter Tag
Mittwoch

Ich erwache in meiner Badewanne und friere.

Die Decken sind über den Rand ausgekippt, die Schichten meines Kokons liegen vor der Badewanne auf dem Boden. Mit Gänsehaut liege ich zusammengekauert auf dem kalten Grund der Wanne. Der rote Seidenschal hat sich von meinem Hals um meine Beine geschlungen, er umwickelt mich wie ein Kletterseil beim Abstieg. Eine faserige Nabelschnur von unfassbarer Länge. Meine Schultern stechen, sie tragen meinen kalten Kopf, der Nacken unbrauchbar steif, die Hüfte abgekoppelt vom Rest des Körpers, meine Beine ineinander verwachsen, regungslos wie Wurzeln. Ich fürchte mich vor dem Versuch, mit den Zehen zu wackeln. Meine zu Fäusten geballten Finger lassen sich lösen, und es gelingt mir, meinen Kopf wieder richtig herum auf den Hals zu setzen, Blick nach vorne. Langsam beginnt das Blut, brennend durch meine Waden und Unterarme zu fließen. Auch mein Hinterteil hat sich entschlossen, mir wieder anzugehören, und ich rolle es plump am Wannengrund entlang, um mich aufzusetzen. Den Abfluss drücke ich umständlich mit der rechten Ferse zu, mit dem linken großen Zeh schiebe ich den Wasserregler auf. Das Wasser ist zuerst eiskalt, dann brühend heiß, dampfend ergießt es sich in mein

Wannenbett. Kleine rote Flusen und Fäden treiben an Strudeln empor an die Wasseroberfläche und winken mir zu: *Herr Saum, Sie leben noch!* Ein Vollbad ist der geborgenste Ort der Welt.

An diesem Morgen liege ich zu lange im Wasser, selbst das Frühstück esse ich badend. Ich vermisse Heringe aus Holland. Das weiß auch Franz, der mir wortlos ein Glas bringt. Weil er mich so erschöpft und mutlos in der Wanne sitzen sieht, lässt er mich sofort wieder allein.

So sitze ich bis zum Hals im Wasser und schleppe eine saure Fischhälfte nach der anderen direkt vom Glas in den Mund. Die Essiglake tropft ins Badewasser und schwimmt in gelblichen Schlieren obenauf. Die Senfkörner sehen aus wie frischer Laich. Gleich wird Leviathan aus den Untiefen aufsteigen, um mir meine Heringe streitig zu machen. Er wird zwischen meinen weißen Knien auftauchen, die enormen Nüstern werden schwarz glänzend das übelriechende Aerosol der Unterwelt ausatmen. Er wird sich rächen, an mir, für alles, was ihm die Menschen, Kinder, Philosophen und Staatsmänner in den letzten tausend Jahren angetan und angedichtet haben. Das Ungeheuer wird mir die Heringe mit seiner haarigen violetten Zunge entreißen und zischend wieder untertauchen.

In der Badewanne einzuschlafen kann lebensgefährlich sein. Das Glas Heringe ist ausgekippt und Zwiebelscheiben, Gurkenräder und angebissene Fischhälften schwimmen auf dem gelblichen Schaum. Ich sehe den Zwiebeln und Gurken und Fischschuppen noch ein wenig bei ihrem Treiben zu, bevor ich beschließe, doch kein Fisch zu werden. Ich schnippe eine silbrige Schwanzflosse vom Knie. Es ekelt mich nicht einmal unterzutauchen. Das laue Wasser fließt über meinem Scheitel zusammen, und als ich wieder auftauche, verfangen sich Senfkörner und Gurkenstücke in meinem Bart. Poseidon erhebt sich aus den Fluten, nachdem er unter Wasser die Fische nachgezählt hat. Ich bade umspült von Filetstücken der Mythologie, einer Geschichte, die so alt ist, dass die Menschen vergaßen, dass sie sie selbst erfunden haben. Wäre ich ein Fisch, so hätte ich wenigstens eine Richtung. Und Fische singen nicht.

Nach einer Weile gebe ich die Mythologie auf und lasse das Wasser ab, fische die Essensreste aus dem Abfluss, trockne erst mich, dann die Wanne und polstere mir erneut den harten Rumpf meines Rettungsbootes aus.

Heute ist was los! Die Kirchenglocken rufen die Schäfchen zur Messe. Vielleicht ein Begräbnis? Eine Trauung? Der Priester legt bestimmt gerade sein liturgisches Gewand an und rückt den reich-bestickten dunkelgrünen Schal zurecht, auf dem goldene Ornamente mit Symbolen der Natur und Macht prangen.

Jede verheiratete Frau kann sich an ihr Brautkleid erinnern, auch nachdem sie geschieden ist. Ein Schulkind erinnert sich an den leichten Pullover, den es zur

Einschulung trug, an die Farbe und das Muster, an die Bündchen an den Handgelenken. Ein Foto mit Schultüte vor der Haustür ist Erinnerungsstütze. Jemand nannte mich am ersten Schultag *Rumpelstilzchen*, nur weil mein Mäntelchen rot war. Die Leute sehen eben in allem nur, was sie sehen wollen. Jedenfalls hängt dieses glänzende Cape ebenfalls im Karussell in meinem Kopf. Niemand soll mir erzählen, dass Kleider nicht unheimlich sind.

Eine kurze dunkelblaue Cordhose ist auch da. Sie sieht sehr klein aus, war ich acht? Sechs vielleicht? Schokolade hat sich in die Rillen gerieben und wird dort für immer bleiben. Die Fürsorge des katholischen Würdenträgers war groß und unerträglich, genauer kann ich es nicht sagen. Ich soll nicht allein gewesen sein, es gab Zeugen, heißt es. Ich weiß nur, wie allein ich war, und es war niemand bei mir, um diese Einsamkeit zu bestätigen. Auch riechen konnte ich niemanden, nicht einmal mich selbst. Ich konnte nur das Rascheln meiner Kleider hören, und Geräusche aus dem Inneren meines Körpers. Es klang, als würde ich zu einem hohlen Sack, in dem alles Funktionale haltlos umhertrieb. Wenn wir alleine waren, schenkte mir der Vikar immer Lakritzzeug, weil ich so brav stillhielt. Heute vermeide ich Lakritze. Ich taste den Hosenbund der blauen Cordhose entlang, finde den Eingang zur linken Hosentasche, schiebe meine Finger hinein. Der kalte klebrige Klumpen sitzt weit unten an der Naht und scheint vollständig verwachsen mit dem

Innenleben des Stoffbeutels. Murmeln oder Reste eines Gummitwists wollte ich dort finden, aber als ich meine Finger wieder hervorziehe, tragen sie schwarze klebrige Ränder unter den Nägeln. Reste eines dunklen Geheimnisses, das sich lange verborgen gehalten hat, sogar vor mir selbst.

Neben dieser kurzen Kinderhose hängt ein petrolfarbenes Modell, unwesentlich größer, und auch darin: Lakritzdreck in den Hosentaschen. Noch in drei weiteren Hosen findet sich dieser Schatz. Ich bekomme Lust, alle Hosen auf links zu drehen und die Taschen nach außen zu stülpen, schlaffe Säcke mit schmutziger Füllung. Ich reiße den Hosen ihre Taschen aus, das ist nicht leicht ohne Werkzeug. Stoff ist widerständig, der Mensch weiß das, sonst würde er sich nicht darin kleiden. Und die soliden mitteleuropäischen Kinderhosen aus den achtziger Jahren waren aus robustem Stoff gemacht. Nieten platzen weg und Nähte springen auf, die eine Hose erleidet einen Schnittriss, eine andere ist seitwärts aufgeschlitzt, nachdem ich ihr den vertrockneten Lakritzklumpen entrissen habe. Die Hosen ab Größe 164 haben leere Taschen, nur ein paar Klebebilder mit den Konterfeis von Fußballern sind darin, aus denen ich mir damals nichts machte und die ich bis heute nicht vermisse. Beim Mittagsschlaf in der Wanne sucht mich der Geistliche im Traum heim, um sich nicht bei mir zu entschuldigen.

Franz schleicht in der Abenddämmerung ins Bad und weckt mich durch sein Leisesein. Er hat eine Flasche

Rotwein dabei und ein paar Canapés: Serrano, Garnelen, Lachs, Meerrettichbutter, solche Sachen. Zwischen zwei Häppchen beginnt er unvermittelt, mit seiner nach Wien klingenden Stimme zu vermuten, dass das hungrige Unglück des Menschen vielleicht seinen guten Grund habe. Dass er, der Mensch, sobald er satt und wach sei, sich ja doch nur am Ausdruck seiner selbst abrackere. Gelinge es ihm nicht, sich durch das Schaffen einer Ausdrucksform zu vermitteln, seine Gedanken in Worte, seine Gefühle in Klänge, seine Ängste in Farben, seine Sehnsucht in Nähe zu verwandeln, werde er wieder traurig, noch trauriger, als er es jemals war. Ausdruck sei eine Hinhaltetaktik, wenn die Einsicht in die Unabwendbarkeit des Todes zuschlägt.

Auf diese Weise nach außen geschaufelt, häuften sich Gedanken, Vermutungen, Stimmungen und Kunst nur so an. So wüchsen, räsoniert Franz weiter, die Archive und Bibliotheken, die Musiksammlungen und Filmarchive, seit Tausenden von Jahren, Speicherplatz um Speicherplatz besetzt zu einer schier ins Unendliche wachsenden Datenbank, Beute des Menschen auf der Jagd nach Bedeutung. Überall lauerten Menschen, die hinter ihren eigenen Gedanken und Gefühlen her waren, sie sammelten, verwarfen, verglichen, verbesserten, auf Hochglanz polierten und rahmten, sie den anderen unter die Augen und Ohren hielten. Und was sei ein Opernsänger anderes als ein Stück Fleisch nach Inkenntnissetzung über die Existenz eines Knochens namens *Zungenbein*. Niemand kenne seinen Namen und doch hinge das Leben aller davon ab, weil sie es zum Atmen, Schlucken und Sprechen brauchen.

Während ich wortlos weiteresse, schläft mir das linke Bein ein. Ich halte still, um seine Tirade nicht zu unterbrechen. Franz meint, es sei ein Wunder, dass Werke der Kunst nicht nach Fäulnis röchen, wären sie doch nichts anderes als ein körperliches Geschäft. Jeder Musiker sei, je virtuoser er spiele oder sänge, nur ein kunstvoller Furzer, ein Kunstpfeifer, eine Pfeife in der Riesenorgel des Universums, ein Schilfrohr, durch das der Atem der Natur pfeift und das sein Lied für bedeutend hält.

Überhaupt: Menschen, die pfeifen! Die Pfeifer trügen den Kopf erhoben, um zu zeigen, dass sie zufrieden seien mit sich selbst. Aus ihrer schlechten Angewohnheit spreche demonstrative Lockerheit. Sobald sie nicht sprächen, pfiffen sie. Sie pfiffen in Fußgängerzonen, an Haltestellen und in vollen Zügen, in Supermärkten. Pfeifend vor der Fleischauslage, pfeifend vor dem WC-Papier, pfeifend vor dem Regal mit dem Dosenbier. Pfeifende Touristen fühlten sich überall zu Hause, das Pfeifen zeige, für wie willkommen sie sich allerorts hielten. Im pfeifenden Menschen verbänden sich Gemütsruhe und Eitelkeit. Pfeifer seien eifrige Familienväter, lustige Kollegen, tolle Kumpel und unverbesserliche Optimisten. Pfeift wer am Grab, pfeift wer im Schützengraben, im Operationssaal am offenen Herzen? Pfeifende Wurstfachverkäuferinnen an der Schnittmaschine. Pfeifende Kindergärtnerinnen und pfeifende Gemüsehändler, pfeifende Pferdepfleger und Boxtrainer.

Pfeifende Männer sind immer vulgär, auch wenn sie niemandem nachpfeifen. Alle Kinder wollen pfeifen können, noch abends im Bett üben sie, die Lippen haben zu wenig Spannung, das Zwerchfell schwingt mit, aber es dauert Wochen, bis ein sauberer Ton daraus wird und noch länger für einen lauten Pfiff. Wer pfeift, hat nichts zu verlieren, wer pfeift hat eine hohe Meinung von sich selbst. Wer pfeift, pfeift auf andere. Depressive pfeifen nie. Todkranke pfeifen nicht. Gewohnheitsmäßiges Pfeifen ist ein Scheidungsgrund. Pfeifende Menschen sind unentschiedene Narzissten, ahnungslos ihre Endlichkeit überspielend.

Gäbe es keine Kunst, so meint Franz abschließend, wir müssten sterben wie Menschen mit Darmverschluss. An Selbstvergiftung.

Wir erheben uns und umarmen uns umständlich. Ich stehe nackt in der Badewanne, taumelnd auf dem rechten Bein, er beschämt vor dem WC-Sitz, auf dem er gesessen hat. Als er gegangen ist, will ich nur noch einschlafen. Niemand soll mir diesen Tag noch ruinieren können. Und den nächsten will ich nehmen wie ein frisches Handtuch.

Sechster Tag
Donnerstag

Morgens ein Franz in Eile, mit hellblauem Hemd und Jackett, Fruchtsalat, Milchkaffee, frischen Croissants. Er kündigt an, bis zum Abend weg zu sein, und bringt deshalb ein Tablett mit Clubsandwiches, die mich über den Tag bringen sollen. Eine neue Packung Schmerzmittel, grüne Weintrauben, eine Plastikflasche Eistee Minze. Franz wirkt froh, das Haus wieder einmal für mehrere Stunden verlassen zu müssen. Er schaut mich aufmunternd an, als hätten wir ein neues Stadium gegenseitiger Unabhängigkeit erreicht. Wie ein Vater, der das Kind pünktlich bei der Kinderkrippe abgibt. Zum Abschied wirft er mir eine Kusshand zu.

Aus Langeweile denke ich nackt und bröselnd weiter über die Kleider meines Lebens nach. Das Kleiderkarussell in meinem Kopf ist rundum bestückt mit Herrenhemden: weiße, hellblaue, hellgraue, taubenblaue und ein silbernes, das ich als Student besaß und in Den Haag zur Graduation-Party getragen habe. Es muss komisch ausgesehen haben. Ein Jahrgang der Klasse »Klassik mit Spezialisierung auf *Alte Musik*«, der sich zum Abschlussball das Thema *Discokugel* gibt. Den ganzen Abend zuckten silberglänzende Leiber im Stroboskoplicht, Menschen mit Discokugelohrringen, die die kleinen Farbkreise nochmals in den Raum zurückwarfen, und ein Musikdirektor mit einer silbern paillettierten Federboa, der sich abwechselnd an einem Glas und einem gutfrisierten Sopran festhielt. Melissa war einer von ihnen, aber zu selbstbewusst, um sich von solchen Figuren der Macht angezogen zu fühlen. Also ließ sie sich auf mich ein. Sie hatte einen dunklen Pagenkopf, ihre grauen Augen blitzten unter dem waagrechten Pony hervor, entschlossen, nichts zu verpassen und nichts je zu vergessen. Sie war die Einzige, die auf diesem Retro-Kostümfest glaubwürdig aussah: wie sie selbst.

Melissa hatte sich an dem Abend für mich entschieden, aber gegen unser Kind. Eine Woche lang konnte ich mir vorstellen, mich mit ihr gemeinsam der zeitraubenden und undankbaren Aufgabe zu stellen, ein Kind aufzuziehen. *Aufziehen*. Dabei muss ich immer an die kleinen Blechspielzeuge meines Onkels denken, knarrende Mechanismen unter Blechgehäusen, grob zusammengekniffene Metallösen und Stäbe, auf denen sich Aluminiumschirmchen in Elefantenfäustchen drehen. Manche Verwandten merken eben nie, dass man nicht zu ihnen gehört, und man sagt es ihnen nicht. Nach dieser Woche gedanklicher Elternschaft hatte mich Melissa jedenfalls so weit, es lieber nicht zu wagen. Ich ließ mich von ihr überzeugen, wie immer, weil sie klug war und meistens die Übersicht behielt. Ich akzeptierte ihre Haltung und begann sie irgendwann zu teilen.

Das silberne Hemd riecht noch nach Schweiß und Rauch. Unter den Achseln ist der Stoff hart geworden, und ein Knopf fehlt. Manchmal bin ich aus Nachlässigkeit neugierig darauf, wie das Kind ausgesehen hätte. Wie seine Stimme geklungen hätte.

Einige der Hemden sind weder hellblau noch weiß, sie hängen zusammen, weil sie *bunt* sind. Ihre Vielfalt schließt sie zu einer Familie zusammen.

Ein buntes Hemd ist aus einem festen Baumwollstoff genäht, dicht mit prallen Farben bedruckt, in abstrakten Mustern aus orangem Gitter, grell-türkise Ovale mit dicken schwarzen Umfassungen, weiße, bohnenförmige Punkte auf violetten Dreiecken. Ich hatte einen Studienfreund aus Belgien. Oft waren wir in Antwerpen oder Brüssel, von Den Haag eine kurze Fahrt mit dem Zug. Während wir auf die Grenze zufuhren, zogen die Bäume, ordentlich sortiert und bis zum Horizont unfehlbar gleichmäßig gepflanzt, an uns vorbei. In den Niederlanden ist die Natur bis zum letzten Grashalm von Menschen gemacht und aufgeräumt. Als wäre es die Aufgabe der Zivilisation, die Elemente zu beherrschen, sodass alles möglich wird, was ein Ingenieur sich ausgedacht hat.

Fährt man also nach Belgien, braucht es keine Markierung, um zu erkennen, wo der eine Staat endet und der andere beginnt. Sogar dort, wo die Häuser der einen und der anderen Seite nur durch eine Gartenparzelle mit flatternder Wäsche voneinander getrennt sind, kann man die Grenze sehen. Wie in einem Farbfoto, aus dem die Sättigung herausgeschoben wurde, steht in Belgien alles stumpf und abgetönt da. Nicht einfach grauer, sondern matt, die Fassaden nicht hellrot, sondern mauve. Ein gelbes Auto ist in Belgien beige, eine rote Gartenhütte auf der holländischen Seite ist auf der belgischen in morschem Dunkelbraun. In den Niederlanden sind Zäune gerade Stäbe, gleichmäßige Nähte zwischen Schafherden, in Belgien grenzen gekreuzte Pflöcke wie schiefe Zähne etwas ein, von dem unklar ist, ob es vor uns geschützt werden muss oder wir vor ihm.

Die Grenze zu Belgien war der Höhepunkt dieser Reisen: ein Meter nur, der die Welt in satter Farbe von ihrer Sepia-Version trennte. Ich war jedes Mal erleichtert, endlich wieder auf der richtigen Seite zu sein, im abgetönten Belgien. Das Licht war schlagartig anders, selbst der Himmel schien ein anderer zu sein über diesem Land der ewigen Zukunft, die nie kam. Alles sah alt aus und gebraucht, aber auch gebraucht und gepflegt. Ein Haus sah aus wie ein Haus, ein paar davon trugen noch Hüte. Und es gab dort einen Herrenkonfektionsschneider, allerdings nur mittwochs und samstags zwischen zehn und zwölf Uhr.

Mein belgisch-kongolesisches Kolonialhemd hängt da zwischen den bunten Hemden, sauber und gebügelt, mit einer scharfen Bügelfalte auf den Hemdsärmeln, wie ein Ordensschmuck die bunten Muster auf den Brusttaschen. Diese Stoffe aus Zentralafrika sind der Ort, an den sich alle satten Farben des Landes geflüchtet zu haben scheinen. In die Kleider der früheren Sklaven hat sich die Lumineszenz der Farben gerettet. Hier sitzen das schrille Rot und Pink, das strahlende Blau des Himmels, der in Belgien nur neblig leuchtet, das frische Grün eines neonfarbenen Blattes, die knackigen und lauten Farben, die dort Ausgangsverbot haben.

Und mit dem Hemd hängt dort meine Sehnsucht nach den Tagen und Nächten im Brüsseler Ixelles, die ich gemeinsam mit Jules und Otis verbrachte. Es ist mir nicht gelungen, Kontakt zu halten. Selbst echte Freundschaft ist empfindlich.

Daneben baumelt ein Kinderhemd, blaugestreift, mit roten Punkten über den Streifen, als habe sich die Weberei nicht für ein Muster entscheiden können. Es hat einen blauen Kragen, auf der Brust ist ein blaues Schiffchen aufgestickt. Dieses Hemd kenne ich nur von einem Foto. Ich sitze auf dem Schoß meines Vaters. Er hält mich fest, an den Schultern, von oben, als wäre ich leichter als die Luft. Als schwebte ich sonst davon.

Ein anderes Hemd ist bojenrot mit weißen und dottergelben Blüten, ein Hawaiihemd. Ein Sommerhemd, aber ich habe es aus Prinzip nur im Herbst und im Winter getragen, unter grauen Pullovern und hellblauen Cardigans, aus denen der grellrote Kragen ragte. In einer weiteren Stadt, in die ich nur gekommen war, um abends vor Fremden den Mund aufzumachen, war es nach einem Spaziergang im Schnee warm geworden im Café. Der Filterkaffee stand frischgebrüht auf einem runden Spitzendeckchen aus Papier. Die Stanzformen für diese *paper doilies* mussten wunderschön sein. Zur Feier des Tages versuchte ich, einheimisch auszusehen und die anderen bei ihrem Feierabend zu beobachten. Die schöne alte Frau mit dem Glas Weißwein, die Geschäftsfrau neben dem Eingang, die am Smartphone kontrollierte, ob die Welt sie brauchte, die Frau am Nebentisch, die alle Worte so sagte, als gehörten sie ihr und ihr allein, und der Mann auf der Eckbank schräg gegenüber, der mein Vater hätte sein können. Freundliches, etwas aufgequollenes Gesicht, breiter Hut mit Krempe, eckige Brille, wie die Sängerinnen von ABBA sie in den frühen Achtzigern trugen, kein Ohrring, Vollbart. So sah der Mann aus, und so hatte auch der Vater aus meiner Kindheit ausgesehen. Er war schon tot, als ich in die zweite Klasse ging. Ich bekam schulfrei für die Beerdigung, wofür mich meine Klassenkameraden beneideten.

Immer treffe ich in der Fremde auf Menschen, die mein Vater hätten sein können. Oder stelle ich mir das nur vor, weil ich mich nicht mit eigenen Augen von seinem Tod hatte überzeugen können? Weil es möglich war, dass er sich davongemacht hatte, sich anderswo mit sich selbst verabredet hatte, weil er nur umgezogen hätte sein können, um woanders weiterzuleben. Immer bleibt ein Funken Zweifel und die Hoffnung, ihm doch noch einmal lebend zu begegnen, notfalls an einem Flugzeugterminal, oder eben zufällig in einem Café in einer fremden Stadt. Es hat als Kinderspiel begonnen, aus Trauerlangeweile vielleicht oder wenn ich befürchtete die Rolle als Halbwaise nicht richtig zu spielen. Ich habe die Möglichkeit nie ganz ausgeschlossen, angelogen worden zu sein, angelogen und nicht nur um den Vater betrogen. Das Spiel, Ausschau zu halten nach Männern, die ihm ähnlich sähen, wenn er noch am Leben wäre, ist später zu einem leicht neurotischen Zwang geworden. Mittlerweile bin ich älter, als er geworden ist, und ich kann so tun, als wäre ich er. In der Fremde sähe niemand den Unterschied, nicht weil wir einander so glichen, sondern weil wir beide den Fremden ganz gleich sein können. Ich könnte sein, wer ich wollte, vorausgesetzt, wir blieben einander Unbekannte. Der vaterähnliche Mann auf der Eckbank damals im Café trank seinen Kaffee wie jemand, der mit Mundspülung spült. Vor jedem Schluck nahm er seine Brille ab.

Einer von diesen Doppelgängern war mein Professor im Studium, eine sogenannte Koryphäe, ein begnadeter Sänger. Er behandelte mich gerade gut genug, dass ich mich durch seine Herablassung zu ihm hingezogen fühlte und mich behandeln ließ. Benutzen vielleicht auch. Ich solle diesen und diesen Whisky im Haus haben, wenn er käme, den tränke er gern. So in etwa lauteten die ersten Worte, die er an mich richtete. Also war ich losgegangen, in ein Geschäft, das ich zum ersten Mal betrat – wozu brauchte ich sonst auch ein Whiskyfachgeschäft? Mich erstaunte die Achtung, die man dem Alter entgegenbrachte, bei alkoholischen Getränken. Der Whisky kostete mich den Großteil meines Lebensmittelbudgets für eine Woche. Ich tröstete mich mit dem Gedanken, dass das Getränk viel Zucker enthielt und dass es sicher eine Investition in eine besondere Erfahrung war. Als er, der Doppelgänger, dann kam, gegen Abend, damit wir sofort anfangen könnten zu trinken, wie er sagte, aber doch eine Stunde zu spät, trat er ein wie jemand aus dem Regen, wortkarg, etwa so wie ein Landarzt, den man zur Unzeit nach Mitternacht zu einem Notfall gerufen hat.

Lebt er noch? Aus Angst vor der Einsamkeit packt mich die Neugier und ich gehe ins Internet. Ich tippe seinen Namen ein und sehe den Mann mit grauen Schläfen lächeln wie eh und je. Wenn ich in der Wanne aus Langeweile online bin, um anderen bei ihren Mahlzeiten, Tanzschritten und Scheidungskriegen zuzusehen, fühle ich mich kurz verbunden mit den Verlustängsten Fremder, die etwas zu riskieren haben und Bilanz ziehen wollen.

Online kann ich jedes Lied anhören, das mir einfällt. Anschließend lese ich über die genauen Todesumstände der Sängerin, sehe eine Dokumentation über den Komponisten des Stückes, gerate dabei an einen Hinweis auf einen Ort in Mittelengland und von da an ein Rezept für eine traditionelle Torte, die ich mir zu backen vorstelle. Wegen der großen Menge Zucker, die man dafür bräuchte, recherchiere ich über die Anbaubedingungen auf Zuckerrohrplantagen in Brasilien, die ein Öko-, aber kein Menschenrechtssiegel haben, und stoße auf ein Manifest der Arbeiterbewegung aus meinem Geburtsjahr und auf Statistiken zum Bruttoinlandsprodukt Österreichs und zu Sterberaten in besagtem Jahr. Ich wundere mich über die altmodischen Grafiken und gelange auf Websites von Bestattungsunternehmen, um mich dort innerlich für den Sarg zu entscheiden, der mir am meisten zusagt. Auch eine Badewanne ist eine Art Sarg. Aber das liegt wieder nur an den menschlichen Proportionen, die wirklich alles in dieser Welt auf sich beziehen. Diese ständigen Vergleiche! Dieser Kaffee ist aromatischer als jener, diese Matratze weicher, diese Inszenierung des *Don Giovanni* emanzipatorischer als die andere, diese Stimme hat mehr Schmelz, und ich mag Blaubeeren lieber frisch als eingekocht. Es sind Nuancen, die alle zu einer Meinung zwingen. Wem etwas egal ist, wird der Faulheit oder der Unsicherheit bezichtigt. Ein starker Mann weiß, was er mag.

Es ist manchen Menschen anzuhören, dass sie einander gleich sind. Sie hören nur, was sie wollen, sprechen, ohne zu wissen, was sie sagen. Sie nehmen es sich selbst nicht übel, gemein zu sein, und nennen es einen Witz, wenn jemand verletzt reagiert. Entschuldigungen klingen, wenn sie überhaupt jemals nötig werden, wie beleidigte Anklagen. Es ist vielen Männern im Fernsehen anzusehen, dass sie sich lange auf die Kamera gefreut haben und dann doch vergessen haben, worum es geht.

Das Internet sagt außerdem, dass der Vogel im Baum vor dem Fenster ein *Wiedehopf* sein könnte. Der vorgetragene Gesang des Männchens sei unverkennbar. Er bestehe meistens aus zwei bis fünf dumpfen rohrflötenähnlichen Elementen auf *u*, auch *up* oder *pu,* die recht weit trügen. Dieser Ruf habe zum wissenschaftlichen Gattungsnamen geführt. *Onomatopoesie.* Die Intervalle zwischen den Strophen seien nur selten länger als fünf Sekunden. Beide Geschlechter riefen bei Störungen laut *rää.* Obst- und Weinkulturen, lichte Wälder, ausgedehnte Lichtungsinseln in geschlossenen Baumbeständen dienten gelegentlich als Bruthabitat. Ich hocke mitten im Bruthabitat und mache nicht mit.

Wie viel Prozent der Weltbevölkerung besitzen überhaupt eine Badewanne? Meine Onlinerecherche ergibt: Rund siebzig Prozent der Deutschen haben eine. In Japan sind Badewannen üblich, und dem Süden bleibt wieder nur das Meer. Duschen ist allgemein beliebter als Baden, da es zeitsparender ist. Da stimme ich zu. Allein die Vorbereitung eines Vollbades kann bis zu zwanzig Minuten in Anspruch nehmen, steht da. Die Vorbereitung zu meinem Bad hat Jahre gedauert.

Nach Mitternacht betritt Franz im pinkfarbenen Frottee-Bademantel und in seinen rotkarierten Pantoffeln das Badezimmer, bemerkt meinen haltlosen Zustand und kommt kurz darauf mit frischen Pfannkuchen zurück. Beim Verzehr lässt er mich die Verkettung meiner Internetrecherchen nacherzählen und in einen scheinbar kausalen Zusammenhang bringen, während er schweigt.

Gegen zwei Uhr morgens danke ich Franz erschöpft für seine wortlose Treue.

Auf dem WC-Deckel bleibt sein dunkelgrüner Wollpullover zurück, einer von der kratzigen Sorte, aus grober Schafwolle gestrickt. Ein Wollpullover, in dem man auch tanzen kann. Ich lege ihn mir um die Schultern und hoffe, dass er gegen den Trotz und das Selbstmitleid hilft. Bedürftigkeit ist abstoßend.

Schlaflos denke ich an die Räume vor der Badezimmertür, an die Möbel, an die Wandvertäfelungen im Flur. Es ist ein Haus mit vielen gleich großen Zimmern, ein Haus mit einem langen Gang auf jeder Etage, ein Haus mit vielen Fenstern Richtung Süden, mit Fensterläden und einem alten Dach. Ein Haus mit Geschichte, ein altes Haus, das man *historisch* nennt, wenn es besser klingen soll. Ein Treppenaufgang mit zig abgetretenen Stufen, mit Geräuschen aus drei Jahrhunderten, mit Maßen aus der Zeit, in der die Menschen noch klein waren und die Frauen gebückt gingen.

Die meisten Gegenstände in diesem Haus habe ich nicht selbst hierhergeschafft. Vieles ist noch so, wie es hinterlassen wurde, als Mutter starb. Die Wand im Flur beim Vordereingang ist bestimmt immer noch dottergelb. Der Fußboden dort ist mit rautenförmigen schwarz-beigen Fliesen gekachelt, die aussehen, als wären sie Klötze. Als Kind konnte ich lange auf der Treppe sitzen und dieses Wunder der Perspektive genießen, das ich zugleich verstörend fand. Immer schneller gelang es mir, die schwarzen Flächen einmal als beschattete körperliche Form, dann wieder als schwarze Rauten zu sehen. Ich sehne mich danach, den Boden wieder zu betrachten. Ich muss nur hier raus.

Das Wohnzimmer ist bestimmt auch ohne mich noch so, wie es das Wort will: wohnlich. Drei Sessel stehen dort und mein Klavier. Wenn die Sonne scheint, spielt sie mit den Mustern des Parkettbodens. Ich besitze eine Pflanze, die beinahe halb so alt ist wie ich und auch nicht mehr blüht. Sie ist mir von einer treuen Verehrerin geschenkt worden, die nach einem Konzert in der Hauptstadt auf mich wartete, bis alle anderen Bewunderinnen bedient waren. Grün kann ich nicht ausstehen, aber ich mochte den Menschen, der mir die Topfpflanze geschenkt hat. Zäh hat das Ding jeden Umzug und jeden Sommer überlebt. Kein Mitbewohner konnte ihr etwas anhaben. An der Wand hinter der Pflanze hängt ein Bild, ein gerahmtes Foto, auf dem ein paar Leute vor einem sehr alten Bauernhaus stehen. Ein kleiner Junge darauf bin ich.

Mich frisch zu verlieben, wäre eine sichere Methode, das Karussell in meinem Kopf für eine gute Weile anzuhalten. Es zwänge mich zu charmanten Äußerungen und Engagement. Ich läge nicht in der Wanne oder zumindest kürzer oder nicht allein, und ich hätte etwas da draußen, das für ein paar Wochen meine Aufmerksamkeit bündeln könnte. Aber das Leben mit einem geliebten Menschen verhindert Verliebtheiten durch warmes

Aufgehobensein und blindes Verstehen. Um mich zu verlieben, müsste ich das Haus verlassen. Ich bin fast so weit, mir vorzunehmen, hinauszugehen. Als wäre die Zeit reif wie die ersten Knospen im Baum da draußen, der selbst im Dunkeln blüht.

Auch dieser Baum wäre eine Option für den Ausstieg. Hatte nicht der Baron auf den Bäumen so einen ausgewählt, um sich von den Menschen abzusondern? Auch seine Füße hatten keine Lust mehr, festen Boden zu betreten. Der Knabe in dieser Geschichte sollte Schnecken essen, hatte sein Vater befohlen. Aber anders als auf dem Baum kann ich hier im Badezimmer die Temperatur perfekt regulieren. Auch gäbe es nachts kaum eine sichere Ruheposition. Kein Ast wäre breit genug verwuchert, um mich länger als einen Tag bequem zu tragen, ohne mich in der Nacht fallenzulassen, während ich schlief. Der Wind und die flüsternden Blätter machen mir Angst, die Macht der Luft und die vielen kleinen Lebewesen, die darin schweben. Das Rauschen der Blätter ist vielleicht doch keine Sprache. Ein Baum wäre kein gutes Haus für mich.

Inzwischen haben alle Menschen, die ich mag, einen legalen Mietvertrag. Fast alle haben einen festen Job, obwohl *Job* so vorübergehend klingt, wie das Leben ist. Mein sogenanntes Umfeld hat Glück. Es hat eine Wohnadresse und Müllabfuhr. Es hat Sorgen und Steuererklärungen. Manche suchen Parkplätze und trennen den Müll. Einige glauben an irgendetwas Höheres, andere sind schon mit wöchentlichem Yoga zufrieden. Die wenigsten meiner Bekannten bekennen sich zu Extremen. Die meisten schätzen insgeheim das Mittelmaß, mit dem sie sich lautstark *nicht* identifizieren. Die wenigsten haben je Geldsorgen, wenn es um Lebensmittel geht. Allenfalls wegen eines E-Bikes oder nach einer Scheidung. Wirklich krank sind alle selten. Selten trifft jemanden eine fatale Krankheit, und dann herrscht ein Ungerechtigkeitsgefühl wie sonst nur bei Starkregen. Selbst der Regen ist undemokratisch. Wer hat, der hat einen Regenschirm und eine Garage und eine Krankenversicherung und eine gute Herkunft. Wer hat, hat Sicherheiten, die den Pelerinen des Prekariats in nichts ähneln.

Die eigenen Träume werden nach und nach erfüllt oder gediegen auf die Pension verschoben. Die Wahrscheinlichkeit, diese zu erreichen, liegt in meiner Gegend bei fünfundachtzig Prozent. Mitmenschen sind Freizeitfaktoren, und die eigene Familie ist so klein, dass ihr auszuweichen ein Leichtes ist. Was unsichtbar ist, gilt vielen nicht. Was sie nicht kaufen können, ist wertlos. Was sie nicht verstehen, ist Nonsens. Was sie nicht erleben können, existiert nicht. Einige fühlen sich persönlich von der Schwerkraft benachteiligt und nehmen jedes Stolpern persönlich. Auch kleine Probleme schreibt man mit großem *P*.

Ich kann meine Aufmerksamkeit wie den Lichtkegel einer Taschenlampe lenken. Ich kann dafür sorgen, dass die Sorgen im Dunkeln liegen. Ich kann die Probleme anderer umgehen, indem ich gar nicht erst an sie denke. Ich kann ein Hindernis ausblenden, indem ich es einfach nicht sehen *will*. Manchmal denke ich versehentlich an eine böse Erinnerung oder an ein Unrecht. Ganz aus Versehen, aus Nachlässigkeit, scheint eine Ahnung vom wirklichen Zustand der Welt auf. Dann muss ich schnell ablenken, wegdenken, ignorieren, was unangenehm ist. Das klappt immer besser.

Im Grunde ist es eine Schande, nackt und ohne erkennbaren Grund ins Exil gegangen zu sein. Darf ich mich ärgern über die Vertreibung von Minderheiten, die Opfer von Despoten und fernen Naturkatastrophen, ohne etwas zu deren Rettung beizutragen? Reicht der Trost, den mein Gesang zu festlichen Gelegenheiten den Anwesenden spendet, den Satten, die keine anderen Sorgen haben als ich? Das Unangenehmste in meinem Leben sind Zahnarztbesuche und Steuererklärungen.

Lange werde ich es nicht mehr aushalten, die Fühler einzuziehen. Schon sind sie entzündete Antennen mit überempfindlichen Spitzen geworden, überreizt von fehlendem Kontakt. Gerötete Ärmchen, die sich an den hellgrünen Fliesen die Augen stoßen und klebrig zusammenzucken wie die Kopfenden von Schnecken. Nacktschnecken haben keine Fühler, oder? Müssten sie nicht Blindschnecken heißen? Als Kind ekelte mich vor diesen Tieren mehr als vor allen anderen Lebewesen. Sie kamen mir vor wie Geschöpfe des Teufels, hässlich und feucht. Sollte ich im Internet nachsehen, was man über ihr Leben weiß? Sollte ich mich zwingen, alles zu lesen, was es über diese unglücklichen Geschöpfe zu wissen gibt, um meinen Irrtum umzukehren in Mitleid und Achtung? Ich bin doch jetzt auch eine Nacktschnecke, eine von ihnen.

Mit voller Absicht hoffe ich auf das Beste, auf morgen, auf jemanden oder etwas, das mir Richtung gibt und mich aufrichtet. Sehnsucht nach meinesgleichen: Zweibeinern. Jemandem helfen wäre jetzt schön. Doch niemand weiß, worin ich wirklich gut bin.

Ich denke an den Bodenbelag unten im Flur. In Gedanken richte ich die dunklen Flächen auf. Spitz stellen sich die Würfelkanten hoch. Sie machen das Darübergehen auch in meiner Vorstellung unmöglich.

Siebter Tag
Freitag

Ich erwache mit einem Körpergefühl, das nur noch meine Wangen einschließt. Die Sonne schlägt auf den Fliesen vor mir auf, und die dunkel gewordenen Fugen bilden ein grobes Gitter. *Pfefferminze* klingt nach einer frischen Farbe, aber hier drinnen riecht es trotz hellgrüner Glasur feucht, und die Ecken tragen ihren grauen Pelz. Langsam schleicht das blasse Licht von draußen an den Wänden entlang, lässt die Heizkörperlamellen noch körperlicher erscheinen. Die ehemals weißen Badetücher hängen aufgewühlt in den Zwischenräumen. Bestimmt sind auch sie bevölkert von Kleinstorganismen, die täglich zwischen Tuch und meiner Haut migrieren. Obwohl Franz alle zwei Tage die Handtücher wechselt, wortlos, und mir sogar frische Waschlappen bringt, die nach Weichspüler duften, sind mir die Frotteetücher unheimlich.

Mein Körper ist gewaschen, aber nicht gepflegt. Die Haut an Rumpf und Armen ist voller roter Pusteln, ein Ausschlag wie die letzte Glut vor dem Erlöschen eines Lagerfeuers. Um meinen Hals herum verlaufen rosafarbene Falten, wie die dünnen Fäden eines gelösten Garns, die Schultern und Kopf verbinden, ein Hals wie ein Schraubverschluss. Meine Handinnenflächen zeigen pelzige Polster, aufgequollene Pranken ohne Gefühl. Überhaupt sind meine Körperenden taub, schlecht durchblutete Randzonen meines Selbst, das nur noch aus Verdauung besteht. Die Biologie nennt fünf Eigenschaften des Lebens, eine davon ist *Bewegung*. Ich bewege meinen Körper kaum noch. Nur im Innern laufen Prozesse ab, die mich am Leben erhalten, chemische Vorgänge, die durch flachen Atem mit Sauerstoff versorgt werden. Wer nicht in der Vertikale unterwegs ist, bekommt Verstopfung.

Ich bitte Franz um Pflaumensirup und Bittersalz, um überhaupt noch aufs Klo zu müssen. Als ich dann dort sitze, bleibe ich so lange hocken, bis die Brille mir ein sauberes Oval in die faulen Oberschenkelunterseiten geprägt hat. Alles ist besser als Liegen, wenn die eigene Lage unhaltbar geworden ist.

Ich habe eine Schwäche für Süßes, und Franz weiß das. Alles soll meinem tatenlosen Körper helfen, nicht auch noch zu schrumpfen. Meine Körperfunktionen beschränken sich auf das Nötigste und versuchen sich damit abzufinden, dass ich kaum mehr Kalorien verbrenne, als beständiges Liegen verbraucht. Bettlägerigkeit ist auch in der Wanne ein Problem. Meine Fitness-App sagt: *Wochendurchschnitt null Schritte*. Ich habe keine Hosentaschen mehr.

Pflaumenkompott mit Grießknödeln sind eine Leibspeise, aber heute habe ich keinen Appetit. Franz serviert den kaum berührten Teller ab und stellt eine Karaffe mit kaltem Kräutertee auf den Klodeckel. Ich sollte endlich einen Beistelltisch verlangen. Franz sieht mich von oben herab an und zeigt mit dem nackten Finger auf die roten Flecken auf meiner Brust. Was soll ich auf diese Geste antworten? Welcher Einwand kann seinen ungültig machen? Vielleicht ist es ansteckend. Vielleicht schwebe ich auch körperlich in echter Gefahr.

Was ist der Wortstamm von *kollabieren*? Zusammenbrechen kann man auch allein. Woher kommt das Gefühl, nicht mehr Herr der eigenen Lage zu sein? Alles juckt. Die Ellbogen sind wund, in den Armbeugen verlaufen feine Kratzer. Franz bringt mir eine Salbe mit Arnika. Er sitzt auf dem Klodeckel und trägt vorsichtig die gelbliche Creme auf den Arminnenseiten auf. Seine Fingerspitzen sind kalt.

Nachdem Franz gegangen ist, liege ich unter einem frischbezogenen Daunenbett in der Badewanne und zähle zum x-ten Mal die Fliesenreihen bis zur Zimmerdecke. Sieben, wie der heutige Tag.

Nach und nach werde ich behände beim gedanklichen Durchsehen der Kleider in meinem Kopf. Ich schiebe da einen Kleiderhaken und eine Erinnerung beiseite, dort mit festem Griff ein paar Hemden auseinander und spiele mit mir selbst Memory. Wo und wann habe ich dieses Hemd erworben? Woher kommt diese Weste, welches Erlebnis steckt in jener Jacke? Als Kunde in einem Bekleidungsgeschäft würde ich meine Sache gut machen. Mit gespielter Neugier auf die verblasste Vergangenheit meines angezogen verbrachten Lebens tue ich wie jemand, der sich einen Überblick verschaffen will, das Kinn und die Brauen leicht angehoben. Vor jedem Umzug müssen wir entscheiden, worauf wir in unserem neuen Leben verzichten wollen.

Meine Zeit im niederländischen Königreich hat Spuren hinterlassen. Ich habe begonnen, sogar die Erdnussbuttersoße zu vermissen, in der dort die frittierten Pataten ertränkt werden. Die Flecken kann ich noch finden, einen auf einem weißen Hemd mit kurzen Ärmeln, welches ich, gegen den Wind eines Sommers gestemmt, am Strand von Scheveningen getragen habe, an dem mir Melissa sagte, sie liebe mich für immer. Mit keiner anderen Stimme wolle sie abends einschlafen und von keiner anderen Stimme wolle sie sich morgens wecken lassen. Das war vor dem Abschiedsball im Discolook gewesen. Der Pindakaas-Fleck war treuer als sie. Bisweilen wird sie mich vermissen, wenn mein Name fällt, und von mir schwärmen, zärtlich und stolz. Jetzt, da ich weit weg bin, kann sie sich zu mir bekennen. Sie verliebte sich so leicht, aber nie mehr in mich.

Die Glückwünsche meiner Mutter zu meiner Zukunft in weiblicher Begleitung erreichten mich damals umgehend. Meine Schwester kann gut zuhören, aber schlecht schweigen.

Mutter wollte es mir und allen und sich selbst immer recht machen, schließlich hat niemand was davon, dass sie nichts freiwillig für jemanden tat. Keine andere ihrer Vorlieben stieß mich mehr ab als ihre Pünktlichkeit und

Verlässlichkeit als Gratulantin. Rechthaberisch wie eine Nonne am Klostertor konnte sie dastehen, mit hochgezogenen Schultern und Augenbrauen. Bei keinem anderen lebenden Menschen habe ich diese Kombination je zu Gesicht bekommen. Ein mimisches Paradox. Schüchternheit und herablassende Überheblichkeit in einem einzigen Ausdruck. Bei Toten kommt das öfter vor. Wenn der steife leblose Körper auf Kissen und Spänen in den Sarg gepresst liegt, sodass Schultern und Hals einander berühren und die Kugelgelenke unter den Schultern die Brust von beiden Seiten zusammenschieben. So lag mein Vater in den letzten Kissen, sagte Mutter immer, mit einem Körper, den sie nie so schüchtern gesehen hatte, als er noch lebte. Die Augenbrauen über den reglosen Augenlidern standen hoch in den aufgeräumten Gesichtern der letzten Leichen, die ich gesehen habe. Es waren fast nur Männer. Etwas schien den Frauen in meinem Umfeld das ewige Leben zu schenken.

Während des Studiums sang ich oft an fremden Särgen, Bach sei so rührend und passe zu Abschieden. Dafür gab es Pauschalabrechnungen und Reisekostenerstattung, danach Kaffee und zu jeder Jahreszeit Himbeerkuchen. Diese Jobs hielten mich in den Niederlanden über Wasser. Mehrmals die Woche wurde ich dafür bezahlt, als Einziger kein Zittern in der Stimme zu haben, wenn ich am Grab stand. Ein paar Mal habe ich in Amsterdam für die Stiftung *Einsame Beisetzung* gesungen, gratis, wenn meine damalige Mitbewohnerin dort für Verstorbene ohne Anhang und Freunde ihre neuesten Gedichte vorlas. Ich hätte mich danach der verwaisten Hamster annehmen können, wenn sie mir überlassen worden wären. Ich hätte sie gerne bei mir aufgenommen, die Haustiere der alten männerlosen Frauen, die über ihren Horoskopen eingenickt oder mitten im Sudoku zusammengebrochen waren. Jeder wäre zu spät gekommen, um sie zu retten. Aber die Hamsterdame Trixi wäre immerhin in Sicherheit.

Derweil starben Freunde und Kollegen, auf die ich nicht verzichten mochte, in willkürlicher Reihenfolge, weder alphabetisch noch nach Alter sortiert, mal am Herzinfarkt beim Tennisdoppel in großer Hitze (Nils), mal bei einem Autounfall auf der A3 (Max) oder auf der Intensivstation an einer unwahrscheinlichen Lebensmittelvergiftung nach einer Fernreise (Harry). Ein anderer starb mitten im Frühling an der Grippe, obwohl er selbst Immunologe war, und mein Blechspielzeug-Onkel stürzte beim Bergwandern in eine Schlucht. Der Mann, der über dem Bäckerladen im Dorf meiner Kindheit wohnte, war so zornig auf seine Mutter, dass er sie mit einem beherzten Sprung vom Balkon bestrafte. Er kam so ungünstig auf, dass er auf der Stelle tot war. Zwischen all den Fällen gab es keinen Zusammenhang, aber nach so vielen Toten in wenigen Wochen spürte ich morgens manchmal den Schutz einer unsichtbaren Hand über mir. Ich bildete mir ein, etwas Warmes glühe über meinem Scheitel, und ließ fortan Hut und Mütze in der Garderobe.

Schildmützen gehören nie ganz zu mir, aber ich fühle mich damit wie ein VIP, unerkannt unterwegs zum Supermarkt. Niemand grüßt mich, und das gefällt mir immer. Die Wärme über mir aber blieb, bis ich sie vergaß. Die Tode der anderen waren kleine Warnungen. Sie waren der Lauf des Lebens, solange es mich nicht selbst betraf. Auch Statistik kann sich irren und Klümpchen machen. Aber nach jedem Begräbnis fühlte ich mich sicherer, wie ein glücklicher Ehemann unter Frischgeschiedenen, in deren Nähe er sich geschützt wähnt, weil nur jede *zweite* Ehe geschieden wird.

Das mit der Nähe ist so eine Sache – wer nicht aufpasst, dem drängt sie sich auf. An viele Menschen erinnere ich mich nur ungenau. Wie steht es um die Gegenstände? Wo sind all die Dinge geblieben, die mir jemals etwas bedeutet haben? Bilden sie nicht genug Widerstand? Sind sie nicht dazu da, uns zu zeigen, wo unsere Grenzen liegen? Ein Wasserhahnregler, ein Handtuch, eine Zahnbürste, eine Tube Hautcreme, ein Rabattgutschein, eine Tasse aus dünnem Porzellan, ein Päckchen Zucker, ein Telefon, ein Kissen, die Brille, eine Gabel, ein Stromadapter, ein Taschentuch, ein Kugelschreiber: Dinge, mit denen mein Körper zuletzt in Berührung gekommen ist. Die Berührung eines anderen Körpers ist plötzlich undenkbar.

Ich denke, ein Testament kann unmöglich mit einem Kugelschreiber gemacht werden. Franz weiß über mich Bescheid, kennt auch ein, zwei Geheimnisse und kann sie für mich hüten oder für sich nutzen. Und irgendjemand muss doch benannt werden, um Entscheidungen zu treffen, die Blumensorte und den Sarg auswählen, das Lied fürs Streichquartett und den Solisten in der Aufbahrungshalle oder unter einem Baum im Wald, neben dem die Urne vergraben wird. Jemand muss den Kaffee bezahlen und die Torten bestellen. Es wird Franz sein, der wie ein Trauzeuge am Sarg des Freundes steht, wenn er dann noch lebt. Er wird alle Post öffnen und alle Vollmachten haben, wird entschieden wissen, was mir wichtig gewesen wäre und wie lange und um welchen Preis. Er wird Zugang zu meinen Urkunden, Fotoalben, medizinischen Unterlagen, Briefen, Passwörtern, Noten und Notizen haben und damit tun, was zu tun ist.

Ich werde mein Testament machen, bevor ich aus der Badewanne komme. Ich erbete mir von meinem Freund Papier und Füller, als er zu Mittag mit einem Cäsarsalat erscheint.

Franz und ich werden das hier nicht gemeinsam machen. Wir werden nicht unsere Testamente vergleichen. Wir werden uns nicht zusammen die besten Formulierungen ausdenken. Wir werden nicht lachen über unsere Zweitnamen, die wir säuberlich einfügen, um alles richtig zu machen, Namen, die nur auf Geburtsurkunde und Totenschein stehen, und, in meinem Fall, eingestickt auf einem Blaumann. Wir werden nicht darüber schmunzeln, dass wir manchen schmeicheln wollen, indem wir sie in unserem Testament bedenken. Wir werden nicht gemeinsam gehässig sein, indem wir Menschen nennen, die es nicht gibt, oder welche, denen wir mittels Erbvollzug einen letzten vergifteten Gruß schicken wollen. Ein Mittelfinger aus dem Grab: ein vergilbtes Buch, ein Dampfkochtopf, eine Zimmerpflanze, diese Vase, jene Schallplatte. Der Aufwand, vom Erbvollstrecker aufgeboten zu werden, weil man von einem verstorbenen Menschen, dem man einmal den Tod an den Hals gewünscht hat und an den man sich lieber nicht erinnern mag, bedacht worden ist, lohnt sich für alle, die sich gründlich rächen wollen und zu Lebzeiten den Mut dafür nicht aufbringen. An Menschen, an die man fast täglich denkt, mit wehmütigem Hass. Die Botschaft wäre ungewohnt und doch unmissverständlich.

Mein Letzter Wille sollte das Letzte sein, was ich von hier aus in Angriff nehme. Die Schreibarbeit dauert bis zum Abend. Ich würde die letzte Fassung gerne von Franz abtippen lassen, aber das würde alles ungültig machen. Die dritte Reinschrift gelingt, und ich lege die gefalteten Blätter unter den Spiegel neben die Zahnpasta.

Von mir bleibt später auch nur die Kleidung übrig, die ohne mich keinen Zusammenhang hat. Noch bin ich das Zentrum meiner Kleider und darf ihre Bedeutungen wieder tragen, wenn ich hier rauskomme. Bald will ich wieder Freude finden an den anderen Menschen, an Leuten, an belebten Fußgängerzonen, am öffentlichen

Nahverkehr und der Werbung für fremde Gelüste. Ich freue mich auf den nächsten Apéro beim Bauern, mit Franz, Käse und Gin, in der großen weißgekachelten Küche, auf deren Boden faul der Hund liegt und in der das Radio italienische Schlager spielt. Ich freue mich auf ein Abendessen im *Hotel Krone*, selbst auf das Personal an Flughäfen und Bahnhöfen beginne ich mich zaghaft zu freuen. Ich will mich wieder fühlen, wie ein Kind mit dem Selbstbewusstsein, den Weg aus dem Labyrinth zu kennen, weil es ihn *einmal* gefunden hat. Nachlaufen will ich jedem, der im Wald seinen Schal verloren oder im Bus die Handschuhe vergessen hat.

Beide Beine sind knieabwärts eingeschlafen, meine Schreibhand schmerzt. Nun, gegen Mitternacht, schiebe ich alle Decken aus der Wanne, lege sie säuberlich neben der Tür auf den Boden und lasse mir ein Vollbad ein.

So bleibe ich lange liegen und denke an gar nichts. Sprachlos und gedankenleer wünsche ich mir, heraussteigen zu können, zurück in die Vertikale, zurück in die Kleider und Schuhe, zurück zu den Taschen und Regenschirmen, zu den Mützen und Handschuhen, zu den Türklinken, den Türknäufen und zu den Händen der anderen, die ich fest drücken will, den Oberarmen und Schultern der Freunde, zurück in die Arme derjenigen, denen ich etwas bedeute und die mich noch mehr vermisst haben als ich sie. Meine Hände sehnen sich nach Berührung mit der Welt. Die Zeigefinger wollen wieder Fahrstuhlknöpfe drücken und sich an Halteschlaufen festhalten. Sie wollen sich wieder in fremde Tassenhenkel einhaken und in Cafés Kleiderhaken an Garderoben berühren. Meine Füße wollen wieder auf knirschendem Kies gehen, sie wollen wieder ins dunkle Versteck der Strümpfe und Schuhe, sie wollen wieder ihr Profil in die Erde stoßen, wo der Weg sandig ist, und in glänzenden Lederschuhen meinen Körper tragen, wenn er mit seiner Stimme beschäftigt ist. Ich will den Körper wieder nur waschen, anstatt ihn zu wässern, ich will Kleidung auf meinen Armen und Oberschenkeln spüren, ich freue mich auf das Scheuern des Kragens an meinem Hals und den Schweiß in meinen Achselhöhlen unter dem Hemd. Ich freue mich auf die enger gewordenen Hosen, auf den kneifenden Bund, auf den kratzigen Pullover, auf das feuchte T-Shirt nach einer Wanderung oder wenn ich zur S-Bahn hetzen muss. Ich will nicht mehr nackt sein, wenn niemand mich so sieht. Ich will mir ein frisches Hemd zuknöpfen, ohne mich zu verknöpfen, ich will mich hinunterbücken zu den Schuhen, um deren Senkel zu binden. Ich freue mich auf die wolligen Schals und die Filzmützen im Winter, auf die gefrorene Kälte in meinem Bart, auf die wärmenden leeren Hosentaschen und das ganze kalte Land, in dem ich umhergehen kann wie in einer endlosen Szene, die nie begonnen hat. Zum Einschlafen denke ich an Türklinken.

Achter Tag
Samstag

Direkt beim Aufwachen merke ich, dass mir die Dinge immernoch mehr fehlen als die Menschen. Darum zähle ich alle Gegenstände aus dem ungenutzten Haus auf, die ich vermisse. Ich sage laut *Knopf, Blumenvase, Leselampe, Hocker, Staubsauger, Esstisch, Matratze, Klavier.* Mein Badezimmer ist mir eng geworden, es will mir gerade nicht mehr einfallen, vor wem oder was ich mich hierher geflüchtet habe.

Mit dem morgendlichen Milchkaffee bringt mir Franz einen taubengrauen Seidenkimono. Mein Haar und mein Bart sähen ungepflegt aus, Franz bietet mir an, mich zu frisieren. Ich gehorche meinen Freund und Gast zögerlich und steige vor ihm aus der Wanne. Ich ziehe mir den Kimono an. Meine Schultern zucken, auf meinem Rücken stellen sich die Härchen auf. So setze ich mich halbnackt auf den WC-Deckel, und Franz beginnt munter plaudernd, mir die Haare aus den Ohren zu schneiden. Dabei gibt es ein Recht auf Verwahrlosung!

Mit einer klitzekleinen Schere stutzt er den Schnauz zurecht, für den Wucher am Nacken nimmt er den Elektrorasierer. Danach streicht er mir die Haarstoppel von Schultern und Brust und bittet mich, zurück in die Wanne zu steigen.

Sogar das Geräusch des Staubsaugers habe ich vermisst. Dröhnend verschwinden die Haare in der Saugdüse. Es ist laut genug, dass ich weder sprechen noch denken muss. Die zwei kleinen Badezimmerfenster stehen offen, der alte Baum steht grün davor Wache. Die Sonne lacht sich tot, strahlt aus reiner Selbstverschwendung. Sie muss nicht vorsorgen für ihre Zukunft, ihre lange Vergangenheit gibt ihr recht. Sie *ist* die Zeit.

Iris schreibt: *Stehende Ovationen für einen superkonventionellen Narrenkäfig. Das Publikum war begeistert. Ich fühle mich alt. Die Musik im Festivalzentrum ist grausam, aber man kann ganz gut arbeiten.*

Später, nach dem Mittagessen, Weißwürste mit süßem Senf und Laugenbrezel, setze ich mich auf, ziehe das Schleifchen des Kimonos vor der Brust zusammen, klettere aus der Wanne und stelle mich fest auf den Boden zwischen WC und Fenster. Ich stehe wieder. Und ich bin nicht mehr richtig nackt. Ich gehe in die Knie und denke an die Turnübungen in der Sporthalle meiner Grundschule. Die kurzen Shorts und die knappen ärmellosen Unterhemden waren mir damals zu wenig Kleidung, um meinen ungelenken Körper darin zur Schau zu stellen. Aber es nützte nichts: Eine Doppelklasse aus rund sechzig Kindern ging, synchronisiert von den strengen Worten und Gesten der Lehrerin, die mit Vornamen *Kassiopeia* hieß, in die Knie. Der Vorname war das einzig Charmante an ihr, trotzdem hatten wir sie immer Frau Schnorre-Henkel zu nennen. Wie eine Dompteuse mit Gerte ging sie zwischen den Reihen turnender Kinder hin und her, damit sich hier ein Arm weiter hob und dort ein Bein stärker durchstreckte, indem sie auf das Knie drückte. Ihre Hände waren dabei immer feucht. Alle wollten vermeiden, von ihr berührt zu werden.

So gehe ich vor dem Fenster in die Knie, die Arme ausgestreckt vor mir. Ich richte mich auf, denke *Kassiopeia*, strecke die Arme aus, vor dem Klosett, das Fenster geöffnet, der Vogel im Baum kann mich mal. Jetzt komme ich! Dabei singe ich Lieder, die ich auswendig kann. Arien. Mozart, dann Schubert. Ich steige fröstelnd zurück in die Wanne, singe weiter, The Beatles, *Don't let me down*, dann Bach, Gloria Gaynor, Barbra Streisand, erst halb zwölf, Puccini, dann wieder Romantik, die *Winterreise*, einzelne Textzeilen fehlen mir, The Dire Straits, *So far away*. Mehr Bach. Elvis Presley, Michael Jackson, The Black Eyed Peas, Britney Spears, Eminem, *Because* von den Beatles, Leonard Cohen, *So Long, Marianne*, alle fünf Strophen, Madonna, ich werde traurig und müde, The Stranglers, *Golden Brown*, und ich hätte gerne eine Gitarre bei mir. Nina Simone, *I put a spell on you*, Dusty Springfield, *You don't have to say you love me*. Amy Winehouse, *You know I'm no good*, Sarah Vaughan *My Favorite Things*. Lou Reed, *Perfect Day*.

Es wird drei Uhr und meine Stimme rau. Franz bringt mir eine Gemüsesuppe und ein echtes Lächeln. Er muss mich singen gehört haben und hofft wohl auf Besserung. Ich bitte ihn um die Gitarre, und da ist sie schon, setze mich in die trockene Wanne zurück und spiele mir selbst einige Klassiker der Popgeschichte vor, langsam, viel langsamer, als es sich gehört, Ton für Ton, Zeitlupenpop. Ich mag das kalte Echo der Fliesen in meinem kleinen Verlies, aber ich vermisse den Rest meines Repertoires, die alten nordischen Lieder und italienischen Klassiker.

Ich sehne mich nach einem Stau, freue mich auf Kastaniendesserts und auf eine Zigarette. Ich sollte zu rauchen beginnen, jetzt gleich, im Badezimmer. Ich will ins Theater gehen und ins Kino, will an Bars sitzen und Nüsschen essen und am Zeitungskiosk lange nicht wissen, was ich kaufen soll. Ich will im Supermarkt an der Kasse stehen und singen, laut und zum Zeitvertreib, bis meine Ware auf dem Förderband bei der Frau in der Kassenkanzel angefahren kommt. Will warten und trödeln und anstehen und nutzlos tätig sein, sichtbar, nicht wie hier.

Der Zweck der Sänger ist es, eine uralte Kulturtechnik fortzusetzen und zu perfektionieren. Gesang war vor der Schrift da, vermutlich sogar vor dem Wort. Akkorde sind eine Erfindung der Natur. Angeblich rauscht ein Wasserfall als C-Dur-Akkord mit einem tiefen F, bei kleinen Wasserfällen in C, G und E ohne F. Die Naturskala der Töne hat sich auch im Menschen festgesetzt. Ich bin ein Bächlein, ein singendes Rinnsal. Also hat der Ort, das Wasser, das Singen in der Wanne doch mit Vorsehung zu tun. Aber ich bleibe tatenlos, der Bauch der Gitarre auf meinem, wir beide nackt, beide lauwarm. Beide Bäuche bereit, beide bereitwillig, wieder teilzunehmen am Leben der anderen.

Am Abend gibt es Thunfisch mit Essiggurken, die mich an Nacktschnecken erinnern. Der Wasserhahn im Waschbecken hat es übernommen, die Zeit zu zählen, indem er tropft. Das halte ich nicht lange aus. Spätestens morgen muss ein Handwerker her, und der Handwerker ist bei uns der Bauer. Soll ich ungerührt in meiner Wanne sitzen bleiben, auch wenn dann mein Versteck auffliegt? Es wäre schwierig, einen guten Grund zu finden, warum ich in der Wanne liege, während jemand die Sanitärinstallation repariert. Es würde ein gutes Pokerface brauchen, um einen nützlichen Eindringling mit geregeltem Leben und Blaumann zu täuschen. Der Bauer ist hilfsbereit und humorvoll, aber ob er meine Situation verstünde, bezweifle ich. Andererseits: Soll ich aus Scham riskieren, vom ständigen Tropfen verrückt zu werden? Ich entscheide mich, ein Handtuch ins Waschbecken zu legen und den externen Besuch im Badezimmer vorerst abzuwehren. Vielleicht schaffe ich es so über die nächste Nacht. Ich habe eben nicht an Melissa gedacht.

Stattdessen denke ich an mein Schlafzimmer. Auf dem Stuhl dort liegen immer die getragenen Kleider. Leer und schlapp berühren sie einander wie sonst nie. Die losen Ärmel des Pullovers hängen über dem hohlen

Kragen des Jacketts, als hätten sie sich in einer Umarmung verfehlt. Die dunklen Haufen weiter hinten sind immer Kleiderberge von früher, von gestern, von vorgestern. Irgendwo weiter hinten muss der vorletzte Sonntag herumliegen, am Freitag war Sommer. Jeder Tag trägt andere Kleider, die einander ähneln.

Ich habe wohl zu lange unter einer nackten Glühbirne geschlafen. Wie soll ich die Welt jemals wieder angekleidet betreten? Wenn ich hier rauskomme, lasse ich mir einen Schneider kommen. Wie bei einem Hausbesuch vom Arzt riefe ich den Maßschneider, um mich zu vermessen. Zur eigenen Erniedrigung stellte er mich auf ein niedriges Podest, gerade so hoch wie eine Schuhschachtel, aber mit dem verblüffenden Effekt, dass ich mich fühlte wie ein Herrscher. Worüber wäre mir egal. Ein solches Treppchen, selbst im eigenen Wohnzimmer, bewirkte unmittelbaren Größenwahn. Es wäre der Größenwahn-ein-und-aus-Schalter, es wäre die Anhöhe, von der aus ich mein Reich überblicken könnte, stolz und mit gehobenem Kinn stünde ich da auf meiner Miniaturbühne, in Unterhose. Die kühlen Schneidermaßbänder um die Oberschenkel, an den Knien, um Bauch und Hüften, füllige Taille, Arme und Hals: auf diese Weise vermessen hätte ich wieder Sicherheit über meine eigenen Ränder in der Welt. Meine Haut könnte wieder eine *innere* Grenze sein. Nun würde ich die Maße der Fläche kennen, die meinen Rücken ausmacht, zwischen den Beinen nur Luft spüren. Da stünde eine Zahl, die genau meinem Brustumfang entspräche. Ich könnte wieder tief Luft holen in meinem neu abgesteckten Körper, würde die Schultern heben und senken, als wäre nichts dabei, würde die Ärmel nach vorne schieben, und um die Handgelenke würden Manschetten sitzen, locker und leicht, wie eine Vergnügungsfahrt auf dem See.

Der Schneider würde vor mir knien, servil und behände die Hosenlänge bestimmen, mit dem Pudermaß markieren, mit dem an einem kleinen Stativ befestigten Kreidestaubfass, dessen Inhalt er *Sublimierstaub* nennt. Um meine vertikale Achse zöge der Herrenkonfektionsschneider mit dem hellrosa Kreidemehl einen feinen Strich auf den dunkelblauen Stoff meiner Hose, eine perfekt waagrechte Linie, meinen Horizont, direkt unterhalb des Knies. Es würde eine kurze Sommerhose werden. Schon lange träume ich davon, den Mut aufzubringen, meine Beine in der Öffentlichkeit zu zeigen.

Alle Hemden würde ich aus dem gleichen Stoff anfertigen lassen. Ich will nicht mehr nachvollziehen können, welches Hemd ich wann getragen habe. Von nun an würde ich täglich gleich gekleidet das Haus verlassen, in Uniform, ohne die Muster des Sommers und die Farben der Saison zu berücksichtigen. Das würde ein Vermögen kosten, von meinen Gagen ginge das nicht.

Neue Unterhosen würde ich mir kaufen, vierzig Stück, Herrenstrümpfe fünfzehn Paar, blau und grau und schwarz, ein paar rote und manche davon aus Wolle. Das sollte reichen. Für eine gute Weile würde ich mich nicht mehr um meine Garderobe kümmern müssen. Ich wäre vorbereitet auf ein paar Jahre Gedankenlosigkeit.

Die Tücher der Lebenden sind zu sauberen Hemden vernäht, Chemisen für Feierlichkeiten, verdeckte Knopfleisten und gestärkte Manschetten. Die feinen Kleider der Verschonten werden gewoben von Maschinen am anderen Ende der Welt, in Fabriken so groß wie Fußballstadien, im Lärm niemals ruhender Hydraulikdüsen und Zahnräder. Kleine Hände kleiner Frauen und Kinder ziehen den Stoff heraus, werfen Beschnitt weg, rufen die Aufseher, wenn eine Stoffbahn sich in den Walzen unter der defekten Schutzabdeckung verfangen hat. Fingernägel brechen, ein Mittelfinger fehlt, der Unterarm verbrüht von den heißen Düsen der Trocknungsstraße. Die frischen Stoffe werden gebleicht oder gefärbt, werden anderswo, im noch ferneren Osten durch schwimmbadgroße Bassins gezogen wie Zwergwale, die nach dem Bad im tiefsten Dunkelblau auftauchen. Auf dem Wasserspiegel kräuseln sich gelbliche Schaumwirbel, giftige Dämpfe steigen unter die niedrige Decke, um dort ein Mikroklima zu bestimmen, an das nur wenige sich werden gewöhnen können. Aus dem Dunkel der künstlichen Seen ziehen enorme Kräne prächtige Klöße in purpur, sonnengelb, minzgrün, kobaltblau, weinrot und zimtorange an die Oberfläche. Die triefenden Ungeheuer werden erhitzt, gespült, gewässert und getrocknet, während die bunten Bäche sich in den Auffangkanälen am Boden ihren Weg zurück in den Restfarbkocher bahnen, aus dem sie wenig später in den Fluss geleitet werden. Daraus steigen im morgendlichen Nebel petrolfarbene Dämpfe auf, die in sich kräuselnden Bahnen einen Weg suchen in die Wolken über ihnen. Das Gewässer liegt still da, kein Tier taucht auf, kein Vogel hinein. An den kahlen Ufern kann kein Baum seine Wurzeln in der Böschung vergraben, ohne abzusterben. Weiter unten am Delta, hunderte Kilometer flussabwärts, gleitet die graue Brühe unter den Meeresspiegel in einem unaufhörlichen Strom der Zerstörung für alle Organismen, die ihm entgegentreiben. Die schweren Pigmente sinken auf den Boden des Meeres und bedecken diejenigen Pflanzen, Pilze und Tiere, die das erste Leben auf dem blauen Planeten angerichtet haben, bevor es an Land gekrochen ist. Sie ändern ihre Farbe, ihre Panzer schimmern silbrig, ihre Eier sind erstickt im bleiernen Puder der Farbfabriken.

Derweil sind die Schlafenden in Decken gehüllt. Wie Insektenpuppen liegen sie eingewickelt in ihren Betten, den Stoff bis übers Kinn gezogen und die Füße zu kleinen Bündeln zusammengelegt. Ihre späteren Leichname werden in Tüchern weggetragen, weiße Kokons ihrer vergehenden Körper. Die Vorgänge im Inneren der Därme nutzen die Restwärme der unzähligen Nächte davor, um die Zellen mit mikroskopischer Genauigkeit zu zersetzen. In reichen Ländern werden die leblosen Körper nochmals auf saubere Kissen gebettet. Seidene

Tücher und zierliche Rüschen liegen neben den Schläfen der Entschlafenen, bevor der Sargdeckel zugeschraubt wird. Blumen sind auch da.

Neunter Tag
Sonntag

In der vergangenen Nacht konnte ich endlich einmal durchschlafen. Mein Freund, Wächter und Koch muss mich heimlich besucht haben. Als ich in meiner Badewanne erwache, liegen überall Blüten verstreut auf meiner Decke, in den Lamellen des Heizkörpers, im Waschbecken, Blumenköpfe und Blumenkelche, Tulpen, Rosen, Kamillen, Gerbera, Alstroemeria, Schlehenkrautbüschel und auf dem WC-Deckel kleine blassrosa Blüten, deren Namen ich nicht kenne. Totenblumen sind nicht dabei. Auch liegt da büschelweise Heu, der Boden ist bedeckt mit Stroh, darin kurzstielige Blümchen. Alles ruft: *Komm raus, es ist bald Sommer!* Es ist, wonach es aussieht: ein Geschenk, das Mut machen soll, Lust machen soll auf die Welt, auf die Natur, wenn ich schon keinem Menschen begegne.

Ich beginne mich dafür zu schämen, meiner Umwelt zur Last zu fallen und die Gedanken meines Freundes zu strapazieren. Kann man nicht *aussteigen*, ohne jemandem damit Arbeit zu machen und Sorgen zu bereiten? Ist eine Urlaubsreise die einzige legitime Form des Verschwindens? Gibt es außer Hotels keine Orte, an denen man in Ruhe gelassen wird und, ohne schlechtes Gewissen und ohne krank zu sein, sein Frühstück im

Bett genießen darf? Warum ist ein Freundschaftsdienst so viel teurer als jede Dienstleistung? Warum ist Franz noch da? Ich lebe mit dem besten Freund, den man haben kann, unter einem Dach, weil es die beste aller Möglichkeiten ist, die ich kenne. Treue ohne Schwur, Neugier ohne Gier und Lust ohne Schweiß. In Freundschaft steckt ein *Und* – aber auch die *Haft*.

Woher hat Franz die Blumen? Das Heu kommt vermutlich vom Bauern. Der wird wohl auch schon gemerkt haben, dass etwas nicht stimmt oder wenigstens nicht so ist, wie es war. Ich sehe den Bauern von meiner Badewanne aus täglich in grünen Gummistiefeln das Feld überqueren und sich hier und da bücken. Jetzt sehe ich ihn mit dem Traktor über das Feld fahren, in abgezirkelten Mustern, die von meinem Platz aus keinen Sinn ergeben. Der Bauer demonstriert mir, wie unersetzbar seine schiere Existenz ist. Darum nenne ich ihn auch immer nur bei seinem Beruf. Er ist außer Franz seit Tagen der einzige lebende Mensch, den ich zu Gesicht bekomme, zumindest von weit weg. Früher brachte der Bauer oft selbstgebrannten Gin, den Franz jetzt vielleicht ohne mich trinkt. Franz trinkt nicht gerne allein, aber hat sich offenbar vorgenommen, mich in der Wanne aufs Trockene zu setzen. Selten wartet er im Badezimmer mit Alkohol auf.

Ein kurzes Wort muss her für den Zustand der Einsamkeit, drei Silben sind zu lang. Es muss schnell gehen. *Klaus* wäre ein guter Name, oder *Tom*.

Ich bin mit meinem Körper allein gelassen und weiß nicht, wohin ich ihn jemals wieder schaffen soll. Angeblich kann man seinen Körper mit den eigenen Wünschen und Gedanken lenken, aber zurzeit muss ich das Gegenteil annehmen. Egal, was ich mir vornehme, ob ich mit der Hand nach dem Wasserglas greifen oder die Position im weichen Sessel meines Chefs, des Staatsopernintendanten, erobern wollte: Ich denke an meinen Körper wie an ein zu schweres Möbelstück, einen zu breiten Stuhl, ein Bett, das durch keinen Türrahmen passt, eine Badewanne ohne Füße, ums Verrecken nicht zu bewegen, nicht mit der ganzen verdammten Lebensgeschichte, die ohnehin meistens unerzählt bleibt.

Und was, wenn ich eine Frau wäre? Und das Wort *Privatsphäre* einen fehlenden WC-Türschlüssel meint und Selbstbestimmung die Wahl, auf welcher Seite des Ehebettes sie schläft. Hätte ich überhaupt den Weg in die Badewanne gefunden, wenn ich eine Frau wäre? Eine Mutter gar? Ich stelle mir vor, wie eine Mutter sich eines Tages wie ich in die Wanne legt und nicht mehr herauskommt. Wie schnell wären die Kinder da, je nach Alter schreiend und heulend, weil sie pinkeln müssten, weil ihnen wer den Hintern abputzen oder neue Kleider anziehen müsste, wenn es zu spät war. Weil sie hungrig wären, Hilfe bräuchten wegen eines Apfels, der zu schälen war, eines Müsliriegels, der zu fest verpackt war, eines kleinen Zwischenmahls, Crêpes oder Grießbrei. Weil endlich jemand etwas unternehmen sollte, damit der Tag schneller vorübergehe, bevor der Ehemann später, nach seinem Tagwerk mit einer Flasche Bier ins Badezimmer käme, ratlos über die neue Lage der Frau: Ob ihr etwas fehle? Ob er den Notarzt rufen solle, ob das ein Witz sei, usw. usf.

Widerstand, *der*, sollte weiblich sein!

Heldinnen fehlt einfach die Zeit zum Erzählen. Sie sind von ihren Pflichten zum Schweigen gebracht, aufgerieben zwischen den Arbeiten, die für die anderen erledigt werden. Selbst denen, die erzählen wollen, gelingt nur eine zurechtgelegte Geschichte, löchrige Erinnerungen, ein Graben durch Schichten loser Episoden, die wie brüchige Schollen in geologischen Diagrammen übereinanderliegen. Bis die Hinterbliebenen, die obenauf Gebliebenen, uns für immer in der Erde versenken und unsere Lebensgeschichte nachlässig weitergeben. Sogar Urgroßmütter gehören nicht zu denen, über die nach ihrem Tod wohlwollend gesprochen wird. Wenn überhaupt. Die meisten Menschen werden erst von ihren Enkelkindern als *Menschen* wahrgenommen. Die Eltern dienen dazu, sich abzustoßen wie vom Beckenrand im Schwimmbad. Wenn sie tot sind, hört auch das auf.

Ich höre Franz laut und deutlich telefonieren, direkt vor meiner Badezimmertür, offenbar mit meiner Schwester. Er wolle sie *informieren*, das macht man so, wenn man die Verantwortung für etwas *nicht mehr länger alleine tragen will*, wie Franz entschuldigend sagt. »Es geht ihm gut«, höre ich ihn sagen, betont deutlich vielleicht, damit ich es hören kann, wie bei einem billigen Fernsehsketch. »Danke, ja heute. Ich mache mir Sorgen, was passiert, wenn er Lust bekommt, die Lage vollends auszunutzen. Du kennst ihn länger als ich, er scheint das Absurde an der Situation zu mögen. Ich meine, ich koche ohnehin schon immer für ihn, aber er tut so, als wäre er ein Patient. Und ich habe Angst, er könnte damit recht bekommen.«

Ich habe Franz danach betont demütig gebeten, uns einen Kaiserschmarrn zu backen. Er setzt sich auf den WC-Deckel und isst seine Portion, den Teller auf den Oberschenkeln balancierend, während ich wie ein kranker Kaiser in meinem Emaille-Panzer sitze und mir die eingelegten Pflaumen schmecken lasse. Franz ist liebevoll ungeduldig mit mir: Ich sei der eingebildete Kranke. Nur verwöhnter Narzissmus habe mich in die Wanne gebracht, um zu erfahren, wem ich fehle. Dem Ensemble zum Beispiel! Es ist eine Grußkarte gekommen, vorne drauf ein Notenschlüssel. Wie einfallsreich. Im Kuvert der Klappkarte wippen ein paar Noten an Kunststoffärmchen und winken mir zu. Alle haben eigenhändig unterschrieben, darüber steht in Druckbuchstaben GUTE BESSERUNG! Das also ist die Ausrede, mit der mein Freund mir die anderen vom Leib hält. Diese Woche haben die Proben begonnen, meine Abwesenheit ist zum Problem geworden, meine Stellvertretung ist da, für alle Fälle. Soll ich ihnen verraten, wie glücklich ich bin, in der Wanne geblieben zu sein?

Drei Blumensträuße sind geliefert worden. Franz hat niemandem gesagt, *wo* ich liege. Wahrscheinlich glauben die einen, ich hätte eine schwere Grippe, eine Lungenentzündung, andere vermuten Erschöpfung. Überdruss, Melancholie, solche Sachen denkt meine Schwester, die angerufen hat, um zu erfahren, was mir *eigentlich* fehlt.

Ein Journalist, so Franz weiter, plane ein Interview, möglichst bald, damit zum Saisonbeginn ein *Special* erscheinen könne. *Späschel*, sagte er, als wäre es etwas Nasses mit viel Schaum, ein Wort wie ein Erlebnisbad. Lachen ist gesund, und vermutlich ist das Franz' neue Strategie. Er versorgt mich in der Annahme, dass ich ihm diese Loyalität genauso vergelten würde. Komplize will er sein, aber er scheint genervt von der Freiheit, die ich mir nehme, nicht am Leben der Bekleideten teilzunehmen. Doch versteht er die Sehnsucht, sie sich zu nehmen. Ich bin ihm ausgeliefert und kann mir keinen gütigeren Bewacher wünschen. Die dämlichen Genesungswünsche klemmt er hinter den Heizkörper. Die kleinen Notenköpfe schauen nun aus dessen Lamellen hervor und zappeln mit ihren Ärmchen. Ich weiß genau, wer diese Karte ausgesucht hat: der Kollege, der sich am meisten darüber freuen würde, wenn ich nicht rechtzeitig meine Rolle wieder einnehme, weil *er* sie dann bekommt.

Nachdem Franz gegangen ist, brummt mir der Schädel. *Rechtschaffen* ist das Wort, das mir vorhin nicht einfallen wollte, als Franz mich angegriffen hat. Ich bin doch rechtschaffen! Er ist rechtschaffen. Wir sind rechtschaffen. Rechtschaffene Leute überall! Alle schaffen es recht gut, ihren Platz einzunehmen.

Was, wenn Franz mich verlässt? Wenn er mich nur retten kann, indem er mich alleine lässt? Wenn er mich sitzen lässt, in der Wanne, und geht, ohne einen Abschiedsbrief? Wir haben doch noch Pläne, wir haben Zukunft, haben doch noch unsere Freundschaft.

Was macht Franz so ganz allein, ohne mich? Sein Pianospiel war früher täglich zu hören, es gab mir das Gefühl, ihn nicht bei der Arbeit zu stören. Seit zwei Tagen habe ich keinen Ton mehr gehört. Sitzt er schweigend vor dem Instrument, der Deckel geschlossen? Starrt er leise atmend auf die Tasten, sobald er ihn aufklappt, unfähig, sie hinunterzudrücken? Wenn ich ihm früher beim Spielen zusah, genoss ich die Bestimmtheit, mit der er seine Finger in die Furchen senkte, sie vergrub in den Tönen, als wären seine Finger die Ventile seiner Stimmung.

Verstimmt sitzt er vielleicht jetzt da unten, unfähig vor Sorge oder Wut auf mich. Dabei ist er doch freiwillig da, dabei hat er mich doch trotzdem gern. Seit wir zusammen in dieses Haus gezogen sind, nehme ich seine Gegenwart als Lösung hin. Ein Mensch, der meine Anwesenheit als Zusage an eine ungestörte Zukunft versteht. Der Mann im Haus mit Pantoffeln und Schürze, der an Wochenenden Musikerkollegen mit Kapern und Oliven bedient, schweigsam den anderen bei ihren Gesprächen beiwohnt und überhaupt einfach beiwohnt. Er ist mein *Beiwohner*. Privates Publikum meiner Gunst, stiller Gastgeber meiner Eitelkeit und Launen. Jemand, der weiß, was ich am liebsten esse und lese.

Früher habe ich angegeben mit unserer Freundschaft. So ein seltenes Glück, so selbstlos erwachsen! Aber nach einer Woche in der Badewanne ist sein Ton rauer geworden. Oder bilde ich mir das nur ein? An der Oper bleibt mein Garderobenhaken leer. Er hat eine Krankheit vorgeschoben, aber was glaubt er selbst? Hat er Angst um mich? Womöglich vergiftet er mich langsam, um sich an mir zu rächen. Für seine Aufopferung, für seine Geduld und gespielte Güte. Wir sind einander Opfer.

Ich lausche regungslos auf Geräusche im Haus. Vorhin habe ich ihn die Treppe heraufkommen gehört. Der Boden vor meiner Badezimmertür knarzte, dann war es still. Wir sind das Liebespaar, das keines ist. Die, die einander an den zwei Seiten derselben Tür belauschen. Unser Misstrauen verbindet uns im Luftanhalten.

Fehler machen keine Freude. Ich habe heute den Geburtstag meines besten Freundes vergessen und finde es unfair, dass er nichts gesagt hat. Verräter! Die Blumen hätten es mir sagen sollen, aber die Sprache der Blumen ist stumm.

Er hätte heute früh schmunzelnd zur Feier des Tages mit zwei Gläsern Sekt ins Badezimmer kommen können. Ich hätte ihm etwas singen können, einen einstimmigen Kanon. Aber mein bester Freund tut sich selbst leid, weil ich auch sein bester Freund bin. Hätte er doch sorgfältiger ausgewählt, mit wem er lebt! Auch wohnen ist leben. Mitbewohner beanspruchen einen wie kleine Kinder, immer den Namen auf der Zunge, der Tag eine Reihe von Anrufungen. Pausenlos gerufen, angeredet, herbeigewünscht und wieder weggejagt.

Ich rede mir höflich zu: Beruhigen Sie sich, Ihr Herz wird noch nicht gleich zu schlagen aufhören. Es ist noch nicht mit Ihnen fertig. Es hat noch nicht Ihr letztes Stündchen geschlagen. Noch ist Ihnen ein weiterer Abend vergönnt. Keine Panik, Sie werden sich noch ärgern dürfen über die Idioten, die Ihnen die Vorfahrt nehmen, über die langsame Dame vor Ihnen im Supermarkt, über den Hund, der Ihnen vor das Mofa springt, über die verspätete Post, über das verlorene Fußballspiel, über die Geldstrafe wegen Geschwindigkeitsüberschreitung. Machen Sie sich gefasst auf weitere Staumeldungen, auf ausverkaufte Brötchen, auf verregnete Urlaube. Seien Sie sicher, dass es noch Nächte geben wird, in denen Sie wach liegen. Nicht aus Sorge, sondern aus Langeweile. Dass Tage kommen werden, mit denen Sie nichts anfangen können, obwohl Sie doch gerade geschworen haben, jeden neuen Tag dankbar zu feiern wie den letzten. Redundanz. *Re-dun-danz*. Sagen Sie es, ja, laut und deutlich! Ihr Schiff ist auf den Namen *Redundanz* getauft, und es ist ein sehr großes Schiff. Bleiben Sie so störrisch und eitel, so unnachgiebig, anspruchsvoll, so lustvoll bieder und untröstlich einsam, wie Sie sind! Leisten Sie sich Ihre Privilegien! Pfeifen Sie schlecht gelaunt auf den Frieden! Kündigen Sie die Spendenbeiträge beim Tierheim und zeigen Sie den Freiwilligen mit ihren Geldbüchsen den Mittelfinger! Schenken Sie niemandem ein Lächeln. Helfen Sie niemandem unentgeltlich. Besorgen Sie sich eine Steinschleuder, um auf Vögel zu schießen! Üben Sie Zielen auf Kinder unterwegs zur Schule. Seien Sie missgünstig zu Fremden. Legen Sie Zögerlichkeit immer als Schwäche aus, egal wem. Weichen Sie nicht aus! Machen Sie nie Platz, wenn Ihnen jemand entgegenkommt! Wenn jemand den Lift nach Ihnen betritt, bleiben Sie, wo Sie sind. Stehen Sie wenn möglich immer im Weg. Drehen Sie sich nicht um, wenn jemand um Hilfe ruft! Dann müssen Sie keine Angst mehr haben vor dem Sterben.

Ich sollte mir etwas überlegen, damit Franz nicht denkt, ich sei verrückt geworden, wenn er wiederkommt. Im Badezimmerschränkchen könnte noch Nagellack übrig sein von meiner Mutter. Haltbare Vorräte an Farben, die nirgendwo sonst einen Namen haben. Ein Orange heißt *Tropical Sunset*, ein Mauve *Misty Cherry*, ein Beige nennt sich *Touch Me*.

Die Fingernägel sind lang geworden, und anstatt sie zu schneiden, lackiere ich sie. Meine Hände sehen gut aus auf den bunten Tüchern des Wannenbettes. Die Nägel glänzen wie die Rücken korallenroter Käfer. Für die Fußnägel reicht der Lack noch knapp. Ich könnte selbst das Geschenk sein!

Ich denke an die Schuhe des toten Vaters, die mir zu klein geworden sind. Ich denke an die Vorräte im Keller, aus denen sich herrliche Beilagen für Mehlspeisen zaubern ließen. Kompotte, Marmeladen, eingelegte Früchte in den Farben der Saison und des Nagellacks. Ich fasse nichts an! Der Lack würde endlich einmal sein Versprechen halten. Auf dem Gläschen steht eine 60. Was, Stunden? Minuten? Tage, Jahre, Sekunden? Ich mag es, wenn mir Produkte mit Zahlen kommen, die so tun, als hätten sie etwas mit mir zu tun.

Franz bringt Gartensalat zum Abendessen, und ich gratuliere ihm nachträglich zum Geburtstag. Er lobt meine Fingernägel und wirkt versöhnlich. Als ich fast fertig bin, lege ich mir zwei der Gurkenscheiben auf die geschlossenen Augen und stelle mir vor, wie gesund ich damit aussehe. Ich höre Franz sich räuspern und hinausgehen. Ich warte, bis die Gurkenscheiben meine Körpertemperatur haben und denke an den Nahen Osten. Die Rettung naht immer nur. Ich denke an die drei Frauen in meinem Wohnbezirk, die heute beschlossen haben, ihren Mann zum Teufel zu jagen. Ich hoffe auf einen neuen Morgen, der nicht alles auf den nächsten Tag verschiebt.

Lautlos sterben die Zellen ab in diesem Hin und Her. Wer nicht daran denkt, dass der Körper vor allem aus blinden Elektronen und ein paar in Auflösung begriffenen Zellen besteht, dem macht das Wetter etwas aus.

Die Heizung macht unschöne Geräusche wie die Eingeweide eines Übersättigten. Das Glucksen des Übermaßes. Es bleibt mir nichts anderes übrig, als mir vorzustellen, *gern* hier zu sein. Mich daran zu erinnern, freiwillig hier zu sein. Es hilft mir zu sagen, dass ich jederzeit aussteigen könnte. Oder etwas aus meiner Lage machen könnte.

Ich könnte mir eine Webcam installieren und nonstop aus meiner Wanne senden. Ich könnte zum Kunstwerk werden. In meinem Badezimmer Konzerte geben, Spendengelder sammeln fürs Rote Kreuz oder *Ärzte ohne Grenzen*. Man könnte mir nachts zusehen, wie ich schlecht schlafe. Beobachten, wie sich ein Arm, dann der andere über den Wannenrand legt, daran abrutscht, wie ein Knie unter den Decken erscheint. Wie ich mich in meiner Rolle als Märtyrer stöhnend umzudrehen versuche. Wie meine Qualen für Mitleid werben für die wahren Opfer. Der Widerstand des badenden Baritons wäre zugleich Kunst und Politik, Aktivismus im Rückzug von der Bühne, hinein in den intimsten Ort, das neue Theater. Künstler sein heißt, sich öffentlich zu winden. Wir übernehmen die Aufgabe, uns vor Publikum zu quälen. Ich litte in ungesunder Körperhaltung um des lieben Friedens willen, sendete meine Pein *live* und überall gleichzeitig, ein *artist statement* gegen die Unbill dieser Welt. *Buttje Buttje in der See*, als Protestbadender, im Bade-Streik, als Selbstisolierter, als Leuchtturm der Künste an der eigenen Küste ohne Brandung. Von der Badewanne aus riefe ich: *Seid lieb zueinander! Ihr Despoten, lasst euch umarmen! Kommt zurück in die Welt der Menschen und seht die Schönheit der freien Geschöpfe!* Nach den Werbepausen skandierte ich auf meinem Kanal Parolen für den Frieden, gegen Gewalt und Ausbeutung, riefe Slogans gegen den Hass, sänge Mittagskonzerte und für Spender ein Lied ihrer Wahl. Ich wäre eine badende Jukebox, Sänger in der Not, Helfer und Retter, eine Ikone des ästhetischen Widerstands, einer, der mit seiner Zeit bezahlt und minütlich abrechnet. Ein Sänger, ein Rechthaber, ein Alleskönner, ein schlauer Pionier des guten Geschmacks, umspült von Minze, Kamille und Chlor.

Ich leiste mir eine Pause an einem Ort, den es geben sollte. Ich nehme die Dienste meines Freundes in Anspruch, um mich vor mir selbst unmöglich zu machen. Auch trotzige Jugendliche wundern sich oft, womit sie bei ihren Eltern durchkommen. Dabei sind diese nur ratlos und müde und hoffen, dass es bald aufhört. Dass bald morgen ist. Und das Versprechen wahr wird, dass dann alles neu ist. Neu ist es nur einmal, und wir erholen uns ein Leben lang nicht davon. Manche Kinder gehen nicht gern zu Bett. Weil sie nicht einsehen wollen, auf morgen zu hoffen. Was, wenn es nicht kommt? Was, wenn es ist wie heute? Wie ein schlaffes Hemd? Woher die Zuversicht, dass es sich lohnt, zu hoffen? Die meisten sehen dabei angespannt und müde aus. Jeder Weg ist anstrengend, auch der, den man zur Erholung antritt.

Aber Rückzug geht auch so, ohne sich tödlich zu verletzen. Einfach bleiben. Guter Dinge bleiben. Mir wird nichts geschehen, ich bin hier sicher. Ich kann mir diese Pause leisten. Kein Nachwuchs, kein Ehepartner, nur der Beruf drängt aus der Ferne. Die anderen kann ich vertrösten. Es kümmert niemanden, außer Franz und mich. Und um ehrlich zu sein, wäre ich allein nie auf die Idee gekommen. Die meisten Entscheidungen trifft man nicht allein, sondern unter dem sanften Zwang eines Gegenübers. Wo wäre ich, wenn ich allein wäre? In einer Küche, einem Büro, einem Wald. Hier aber bin ich gelandet, weil jemand mich liebt.

Ich habe mich nur kurz aus dem Verkehr gezogen. Wie ein defektes Auto. Eine Panne, eine Pause, harmlos. Es bedeutet erst etwas, wenn es vorbei ist. Es ist erst vorbei, wenn es etwas zu bedeuten begonnen hat.

Ich bin ein Verschonter. Schon ist mein Versteck erkannt, schon beginnt man, mich anzurufen und mir Blumen und Grußkarten zu schicken. Schon muss ich in einem Blumenmeer erwachen, das herrlich nach Sommertag riecht, nach einer Zeit, in der ich noch keine Zeitung lesen konnte und nur der Dorfpfarrer den Schlüssel hatte zur Welt. Muss ich, einmal aus der Badewanne herausgekommen, alles neu bedenken oder kann ich mit meinem Auftauchen alle Zweifel zurücklassen und in den Abfluss hinunterspülen?

Zehnter Tag
Montag

Es ist noch finster. Ich mache kein Licht und schaue ins Dunkle. Keine Sicht in Sicht, weder nach draußen noch nach drinnen. Ich sehe mich nicht einmal im Spiegel, als ich vom Wasserhahn trinke, aber ich höre das Geräusch meiner Fußsohlen auf dem weichen Badezimmerteppich, leises Rascheln, ein scheues Tier.

Meine schlaflose Tatenlosigkeit ärgert mich. Deshalb schalte ich das Antennenradio ein und höre alle rauschenden Kanäle durch, bis ich bei Fahrstuhljazz gelandet bin. Manche Coverversionen von Musikklassikern klingen wie Weihnachtslieder rückwärts abgespielt. Ich beginne mitzusummen. Warum auch nicht? Wir fühlen uns doch alle gemeint, gemeint vom singulären Unglück einer Popdiva, gemeint von Liebeskummer, gemeint vom Weltschmerz, vom Platzregen, selbst von der untergehenden Sonne fühlen wir uns gemeint. Aber die Dämmerung kann nichts dafür, dass sie uns enttäuscht. Man denkt, die Sonne sei die Schuldige. Dabei kann sie nichts dafür. Hockt doch brav an ihrem Platz und strahlt und strahlt und strahlt. Auch das nächste Lied wird zur Unkenntlichkeit zersungen. Danach The Cure:

Monday you can hold your head
Tuesday, Wednesday stay in bed
Or Thursday watch the walls instead
It's Friday, I'm in love

Throwing out your frown
And just smiling at the sound
And as sleek as a shriek
Spinning round and round

Always take a big bite
It's such a gorgeous sight
To see you eat in the middle of the night
You can never get enough
Enough of this stuff

Ich vermisse meinen Freund, obwohl er mich täglich besucht. Aber wir sprechen kaum noch. Immer verschwiegener wird er, und sein Schweigen klingt wie ein Vorwurf. Manchmal teilen wir einen Moment des Innehaltens, das einem Luftanhalten gleicht.

Ich nehme Franz seine Ohnmacht nicht übel. Er mir meine schon, er nennt sie *Wahnsinn*. Franz versucht, die alte Ordnung aufrechtzuerhalten, indem er eine neue schafft. Seine Ausdauer ist mindestens so radikal wie meine. Dabei stehen wir nicht im Wettbewerb. Wir beide können nur verlieren, im schlimmsten Fall einander.

Seit vergangener Woche bin ich nicht mehr der fleißige Bürger, der ich so ausdauernd gewesen bin. Ich rechne nach, um das Datum von heute und den Wochentag in Erfahrung zu bringen. Als ich mir die Nachrichten von gestern auf dem Laptop ansehe, bin ich fast sicher, dass heute Montag ist. Auch heute steht in der Zeitung wieder nur die Tyrannei von gestern. Dauernd kommt Neues piepsend in den Hosentaschen der Leute an und bestätigt ihnen die Gleichzeitigkeit des Alltags.

Ich schaue in die buchstäblich unzähligen Blätter des Baumes hinauf, der so viel älter ist als ich, und beginne mich um meinen Körper zu sorgen. Die Haut ist rosig geworden und die Fingernägel lang, die Oberschenkel sind zu weichen Kissen degeneriert. Meine Brust ist flacher als früher. Die tägliche Dosis Schmerzmittel hält zwar die Schultern stabil an ihrem Ort, aber sie fühlen sich an, als könnten sie gar nichts mehr tragen. Sie sorgen nur für den Zusammenhang zwischen Rumpf und Armen.

Immer gehen wir davon aus, dass sich gerade etwas ereignet, eine Geschichte oder sonst etwas Zusammenhängendes, etwas mit Anfang und Ende oder einem Oben und Unten. Was soeben geschieht, ohne mich als Zeuge: Ein zweijähriges Mädchen stolpert am Dorfbrunnen und schlägt sich die frischen Vorderzähne aus; zweiunddreißig Kinder meines Sternzeichens werden geboren, genau jetzt, wo die Kaugummihülle eines Nachbarskindes über den Fliesenboden weht; ein junges Paar führt den Labrador aus und spricht von den bevorstehenden Ferien, ohne Hund; das Auto meiner Schwester springt nicht an, meine erste große Liebe denkt gerade zum tausendsten Mal nicht mehr an mich; die Frau des Bauern geht online, um sich buntgemusterte Blumenkleider anzusehen, ohne sich für eines entscheiden zu können; meine Zahnärztin steht im Türrahmen zwischen Behandlungszimmer 2 und Empfang und sieht Erika dabei zu, wie sie A4-Papier im Drucker nachlegt; ein glatzköpfiger Herr mit grauem Jackett betritt mein Stammcafé und kann sich nicht entscheiden, an welchem Platz er sich niederlassen soll, trinkt im Stehen an der Bar einen Espresso und betrachtet von dort aus die Polaroid-Fotos der Belegschaft, deren Gesichter angeheitert leuchten; ein Mann kocht Kaffee und stellt eine zweite Tasse auf ein Tablett, auf dem in einem Schnapsglas eine weiße Gerbera steht; vorsichtig steigt er damit eine Treppe hoch und klopft an eine Badezimmertür. Es ist Franz, der mir meinen Morgenkaffee serviert.

Er bringt außerdem einen Teller mit zwei Spiegeleiern und will etwas mit mir besprechen, das merke ich an seinem angehaltenen Atem. Das Gelbe reißt, läuft auf dem Teller aus, Franz sieht mir wortlos beim Essen zu. Das Zittern meiner Hand bleibt unkommentiert. Er nimmt den Teller entgegen und sagt leise, ich solle aufstehen, damit er das Bad putzen könne. Der Dreck müsse weg, die Ränder in der Wanne seien der Beweis, dass meine Wohlstandsdepression schon zu lange andauere.

Ich erhebe mich, umwickle meine Hüfte mit einem nach frischer Wäsche duftenden Handtuch und stelle mich innen vor die Tür, Franz drängt sich vorbei, um den Staubsauger, einen Putzeimer mit Schwämmchen und Putzmittel hervorzuangeln. Franz lässt die vertrockneten Blüten verschwinden, dann wirft er die Decken und Kissen an mir vorbei hinaus in den Flur, wo sie liegenbleiben wie die leblosen Häute frischerlegten Wildes. Ich sehe Haare im Waschbecken liegen, abstoßend und nutzlos. Kein Haar wird vermisst, solange man viele davon hat, auch nach jahrelanger, zentimeterlanger Treue. Wir sprechen kein Wort. Franz geht vor der Wanne in die Knie und schrubbt die bräunlichen Ränder weg, das Kratzen des Schwamms klingt wie Musik. Die Armaturen glänzen bald wieder, das Klo wird mit der Bürste eingeschäumt, das Waschbecken abgespült und der Zahnputzbecher geleert. Franz kennt meine Schwäche fürs Zähneputzen und vermeidet jede Bemerkung dazu. Kein Witz, keine Fopperei hat in dieser kleinen gefliesten Zelle Platz zwischen ihm und mir. Zwei ausgewachsene Männer teilen sich die Atemluft, die nach Essigreiniger und nach Zweifeln riecht. Mit feuchten Händen räumt einer von ihnen die Putzsachen zurück in den Eimer, packt ein paar Meter WC-Papier und reibt das Innere der Badewanne trocken, wirft den Klumpen ins Klo. Ich friere. Franz schaut auf seine Pantoffeln, während er sich an mir vorbeizwängt, ohne mich zu berühren. Draußen stellt er den Eimer ab und schiebt mit einem Fuß den Deckenberg zurück ins Badezimmer, mir vor die nackten Füße. Ich muss meine Fußnägel wieder einmal schneiden, sehe ich. Er schließt die Tür leise von außen, mir bleibt nur der scharfe Geruch des Reinigungsmittels. Was könnte mich befreien von dem Schmutz in meinem Kopf? Mein Kopf ist voller Gedanken, die jeder haben könnte. Jeder, der sie mag: Ich schenke sie her.

Um meiner Lage zu entfliehen, schlafe ich ein. Im Kleidertraum erscheint ein blaukariertes Hemd, in dem ich meine Mutter in Den Haag empfing, als sie mich das erste Mal dort besuchte. Ich war nervös, wegen der Mutter und wegen der neuen Freundin. Dieses blaue Hemd mit dem zu breiten Kragen und den zu weiten Ärmeln war das Zeichen für ein Leben, das ich schleunigst abstreifen musste. Ich sollte nicht in einem falschen Hemd stecken, das mich an einem falschen Ort einpasst und mir ein Leben aufzwingt, in dem mein Kopf aus der falschen Wäsche schaut. Ein Mann mit einem solchen Hemd war zu allem fähig. Also bestellte ich mir nach dem zweiten Kaffee und mitten in den Ausführungen meiner agilen Mutter über ihre Reise nach Patagonien ein Glas *Whiskey on the rocks*, am helllichten Tag, wie man so sagt. Selbst Melissa schien erstaunt, oder wenigstens belustigt, sagte aber nichts. Ich sehnte mich nach einem zweiten Glas und fragte Mutter hin und wieder nach Details der Reise, die ich schon kannte, um sie zum Reden zu bringen und Melissa zum Schweigen. Die beiden wechselten zwischen holländischem Deutsch und deutschem Englisch, während ich den leise schmelzenden Eisbergen in meinem Glas lauschte. Es war erst Mittag, und ich bereute die Opernkarten für den Abend. Mutter trug stolz ihre Echtpelzjacke, obwohl es dafür zu warm war. Ich schämte mich für sie, als sie sie bei der Garderobe abgab.

In Theatergarderoben bleiben immer ein paar Jacken hängen. Manche werden eine ganze Saison lang nicht abgeholt. Dabei muss sich das blanke metallene Schild irgendwo beim Jackenbesitzer befinden. Es könnte in der linken Tasche des Blazers sein, in der Anzugshose, oder mitsamt der Jeans in der Altkleidersammlung gelandet. Die eingravierte Nummer läge gut in der Hand, die 313 wäre seither reserviert.

Die vergessenen Jacken könnten Ideen sein, auf die man nicht mehr kommt, Erinnerungen, die man nicht mehr erreicht und deshalb nicht vermisst. Leere Versprechungen, Ziele nicht unternommener Reisen, Vornamen, die einem entfallen sind, von Menschen, die man eigentlich mag, Postleitzahlen von Adressen, an denen man einmal zu Hause war, gute Witze, die man sich nicht merken kann, Zaubertricks, die man verlernt hat. Wie vergessene Jacken landen abgesagte Veranstaltungen, ausgefallene Auftritte, verpasste Einsätze und entfallene Textzeilen an einsamen Haken ohne Nummernschild.

Am Ende der Saison geht die Chefin vom Kostüm in die Garderobe, um sich alles, was sich findet, für ihren Fundus zu holen. Sie freut sich über die hellbraune Lederjacke, das blaue Damenjackett, den beigen Trenchcoat, den roten Janker, das gelbe Regenmäntelchen, die Jeansweste. Sie kennt weder ihre Träger noch deren Geschichte, stellt sich aber gerne vor, dass die Statisten bei der anstehenden Premiere die Fundsachen tragen werden und der Abonnent in Reihe 3 auf der Bühne seine eigene Jacke entdeckt.

Zum Vergnügen zog ich diese vergessenen Sachen in den Probenpausen früher oft an. Legte eine Lederjacke an wie eine weiche Rüstung, die Hände an der Reißverschlussöffnung oberhalb der Brust, das Kinn erhoben. Jedes Kleidungsstück beherrscht seinen Träger. So sah ich im Spiegel einen schweren Mann mit Bart, der mich zum Duell herausforderte. Dieser da benutzte heimlich Zahnseide und ging zur Maniküre, jener war immer freiwillig dort, wo er gerade war, und hatte dank seiner Lederjacke vor fast nichts Angst. Ich hängte diese Möglichkeit zurück an den Haken. Auch vorgestellte Leben haben stattgefunden. Abgehängte Erinnerungen sind nicht verloren, nur vergessen.

Darum hängt selbst diese hellbraune Lederjacke im Kleiderkarussell meiner Erinnerung. Daneben der graue Seidenkimono, den Franz mir gegeben hat, um mir die Haare zu schneiden. Ich weiß mich mittlerweile zurechtzufinden, die Ordnung ist gut und übersichtlich. Ich beginne, die Vorstellung zu genießen, dass es hier vergessene Jacken aus meinem Leben gibt, die ich nur finden muss, um mich an den Tag, den Anlass, das Fest, die Niederlage erinnern zu können, zu denen sie gehören. Ich kann, scheinbar unbeteiligt, zwischen den Gestellen und Karussellen umhergehen, habe die Wahl, das eine, dann das andere Teil anzusehen, prüfend den Stoff zu fühlen, es anzuheben, als stellte ich mich darin in der Zukunft vor anstatt in der Vergangenheit. Ich kann durch meine Geschichte laufen, schlendernd nippen an dem Angebot vertaner Tage, zickzackgehen zwischen all dem abgelegten Putz, ziellos spazieren durch meine abgetragene Vergangenheit.

In einem Gitterkasten entdecke ich stapelweise Stoffservietten. Das sollen alle gesitteten Mahlzeiten gewesen sein? Und sind das dort hinten an der Wand nicht alle Handtücher, die ich einmal *meine* genannt habe? Hunderte Laken, sauber aufeinandergestapelt, von allen Betten, in denen ich je geschlafen habe. Alle Kopfkissenbezüge, die meinen Kopf berührt haben, alle Geschirrtücher und Tischdecken, die jemals auf *meinen* Tischen lagen. Alle Textilien, die ich jemals mein Eigen nannte, und sei es nur für die Dauer einer Nacht, einer Mahlzeit, unabhängig vom eigentlichen Besitzstand. Auch die gemieteten, ausgeliehenen, zur Verfügung gestellten, mitbenutzten, als Gast berührten sind da. Die Vollständigkeit macht mir Angst und ich nehme mir vor, nicht so schnell zurückzukehren in dieses Kabinett der Kleider. Ich will raus hier, weg von den Schuhen, vorbei an den Hemdenkarussellen, zurück an einen Ort, an dem die Zeit nacheinander passiert. Zurück in das Leben, das mir einmal gepasst hat.

Und dort draußen in meiner alten Welt ist etwas Großes geplant, ich werde erwartet, die Proben haben begonnen. Es sollen Aufnahmen gemacht werden, mit Sinfonieorchester und allem, danach Europatournee, ich in der Hauptrolle, ich als *Don*. Die Krönung soll es werden, meine Agentin ist entzückt, das Fest, auf das wir hingearbeitet hätten. Schonen solle ich mich, hat sie auf meinem Geburtstagsfest gesagt, schonen und üben und gut essen. Neue Kleider solle ich mir zulegen, wie aus dem Ei gepellt solle ich aussehen, perfekt frisiert und mit gestutztem Bart. *Modern* solle ich aussehen, ein Giovanni der Gegenwart, ein Zeuge der neuen Zeit, zuversichtlich und reif. Neue Fotos würde man machen, nächste Woche, im Studio, vor einer knallgrünen Wand solle ich stehen wie in einem Wald. Das Bild hinter mir könne man dann immer wieder austauschen, solange ich nur souverän aussähe. Für Hamburg dann den Hafen, für Stockholm die Altstadt, für Dresden die Semper, für Wien das Haus von Sicard von Sicardsburg. Und Fotokulissen für Amsterdam, Budapest, Kopenhagen, London, Mailand, Neapel, Oslo.

Was ich wohl fühlen werde, als Don Giovanni? Er nutzt alle aus und kennt keine Reue. Wie Mitgefühl entwickeln für ein Ekel? Bei *Don Giovanni* gibt es den Maskenball, eine Schlüsselszene, eine Intrige. Es wird Kaffee serviert, und Schokolade, Wein. *Viva la libertà!* Es könnte mich ebenso nicht geben! Ich könnte ebenso nicht gebraucht, nicht gebucht werden. Nur die Agentin wäre enttäuscht, wenn ich nicht zum *shooting* käme. Bald gäbe es ein neues Supertalent, das mich ersetzen würde.

Ich fühle mich gerade recht windig, zu klein für jeden Anzug, innerlich geschrumpft. In einen Handschuh könnte ich passen, allein im Daumenabteil hätte ich Platz. Selbst das weiße Frotteetuch auf der Heizung erscheint mir von verschwenderischer Größe. Ein Waschlappen würde genügen, um mich abzutrocknen. Es beschämt mich, so aufmunternd, wie das weiße Handtuch dort hängt und handwarm auf mich wartet. So frisch und hilfsbereit wäre ich gerne auch wieder. Bald! Aber einstweilen werde ich mein eigener Bühnenmonolog. Als Rückzug ins nackte Leben.

Kurz hatte ich Verständnis für meine Lage. Trotz des schlechten Gewissens, mit dem ich mir die Wanne teile, hielt ich mich gerade eben mit Haut und Haar für das Opfer meiner Situation. Ich kann doch nicht immer mein Selbst optimieren, um den Erwartungen anderer zu entsprechen. Oder meinen eigenen. Eben noch war es legitim, ich selbst zu sein. Mich zu verweigern. Meine Lähmung ist echt. Was kann mich hier rausholen? Franz meint: Nur ich selbst. Seine Treue hält mich am Leben, sie hält mich aber auch hier fest. Bei *Symbiose* denke ich an Hai und Putzerfische. Oder an Pilze und damit wieder nur an die Silikonfugen im Badezimmer. Was nütze ich Franz? Vielleicht überschätzt er mich, wenn er glaubt, ich sei freiwillig hier.

Leporello ist Don Giovannis Diener. Er führt Buch über die Vorlieben der Geliebten seines Herrn, dabei wäre er auch gerne mal der Lover. Franz ist auch ein Leporello, er teilt dessen Zorn. Später kommt Giovanni in die Hölle.

Die letzten Tage geben eine gute Speisekarte ab. Aber heute hat Franz das Abendessen versalzen. Arme Polenta, arme Pilze!

Elfter Tag
Dienstag

Alleinsein ist eine gute Übung gegen die Einsamkeit. Kaum wach, spüre ich, dass ich einen Rücken habe. Ein großes Stück Körper, dem ich noch nie persönlich begegnet bin. Anfassen kann ich ihn nicht überall, sehen nur auf Umwegen. Dafür ist er immer da, wenn ich ihn brauche. Nun tut er weh, als ob er Arbeit hätte. Schwere Arbeit. Als wäre er nicht einfach meine Rückseite, sondern das, an dem alles hängt. Das ganze vegetative Nervensystem hockt in meiner Wirbelsäule und schreit.

Ich rufe nach Franz. Es dauert ein ganzes Treppenhaus, bis er erscheint und mich in der Wanne liegen sieht, verkrampft und unbeweglich. *Hexenschuss*, murmelt er, *oder schlimmer noch.* Und: *Selber schuld!* Gleich darauf kommt er mit einer neuen Packung Schmerzmittel, die *einen Elefanten sedieren* könnten, wie er mit Blick auf meinen Bauch meint. Die Verpackung ist neongelb, es wirkt schon nach wenigen Minuten. Mein Verdauungstrakt tut also noch, was er soll, sobald es was zur Zelldiffusion gibt. Ich will etwas erwidern, etwas Freches vielleicht, aber das Mittel drückt mir die Augenlider zu. Darunter sehe ich quadratische Nachbilder der Fliesenwand vor mir.

Nach dem Nickerchen sind die Schmerzen erträglich, trotzdem fühle ich mich heute krank genug, um krank zu machen. Auch darum schaue ich auf dem Laptop Dokus über Menschen und ihre Arbeit. Ein Popstar, der mir nichts sagt, schwärmt, wie wichtig die richtige Kleidung für seine Gesangsleistung sei. Er sagt nicht *Gesangsleistung*, sondern *Performance*, aber ich weiß, was er meint. Er trägt eine weite Kapuzenjacke mit grün glitzernden Sternen, seine zu kleinen Füße stecken in groben Wanderschuhen aus pinkem Karnevalspelz.

Ein anderer Mann, schwarzes Hemd und schwarze Jeans, leitet eine Ballettkompanie und hat gerade ganz andere Probleme als ich. Er erzählt von seinem Versuch, jahrhundertealte Chormusik in zeitgenössische Bewegungsmuster umzuwandeln, ich hebe anerkennend die Augenbrauen. Dann ist da eine Frau im blauen Anorak, die mit der S-Bahn zur Arbeit fährt, weil sie Ärztin ist. Auch sie erzählt von Nächten, in denen sie schlecht oder gar nicht schläft.

Ein Opernensemble ist einer Gruppe diensthabender Chirurgen im OP im Grunde nicht unähnlich. Teamwork, jeder Handgriff sitzt, jeder Blick ein Zeichen, Einsatz zur Rettung der Welt oder auch nur einer einzigen Menschenseele. Kunst ist Notfallchirurgie. Musiker und Mediziner sind Präzisionsarbeiter, beide wendig und behände. Ihre Tätigkeit ist komplex und flüchtig. Die Reihenfolge ist alles, das Timing muss stimmen. Erst die Narkose, dann der Schnitt, Blutung stoppen, jetzt das *Adagio!* Es findet Berührung statt, die

Instrumente fliegen in alle Richtungen, Skalpell, Bogen und Taktstock, es ist Eile geboten, *presto possibile*, jetzt bloß kein *Glissando*.

Vor lauter stillem Einverständnis würde ich am liebsten sofort einer Ballettkompanie oder dem Laienchor einer Krankenhausbelegschaft beitreten. Online suche ich nach meinem Berufsprofil und bin getröstet: Meine Gilde ist auch da. Ihre Vertreter tragen alle Hemden, hellblau oder weiß, keine mit Holzfällermuster, eins mit Blumen darauf. Außer dass sie alle professionell singen wie ich, gibt es keine weiteren Gemeinsamkeiten. Andere Leute haben immer Meinungen, besonders über Leute, die den gleichen Beruf ausüben wie sie selbst. Unkollegiale Kollegen, blind für die Vorzüge der Ähnlichkeiten. Die kleinsten Unterschiede werden zu Canyons vergrößert. Die Differenzen werden am Detail festgemacht. Woanders glitten sie haltlos ab. Wehe, wenn einander verstanden wird.

Mein Kopf füllt sich mit den Meinungen anderer. Auch ich habe sogenannte eigene Meinungen. Ich meine, dass Privates Privatsache ist. Ich meine, dass Menschen zusammenleben sollen, wie sie wollen. Wer eine Adresse und eine Küche teilt, wird zur Familie. Regeln nutzen denen, die sie aufgestellt haben. Solidarität ist erst dann echt, wenn sie auch für jene gilt, die anders leben als man selbst. Man darf sich nicht wundern, dass Menschen, die anders sind, für sich genauso Freiheiten erhoffen. Ich als Mann profitiere davon, einer zu sein. Man fragt mich selten, ob ich etwas kann, was ich mir zutraue. Langsam fühle ich die Vorteile meines Männerkörpers. Die anderen scheinen ihn für selbstverständlich zu halten und auch mir geht es mehr und mehr so. Ich kann mir meine Freunde selbst aussuchen. Ich darf meine Feierabende nach Gutdünken verbringen.

Vor dem Feierabend der anderen muss ich die Krankenkasse informieren, dass ich immer noch krank bin, und rufe die Servicehotline an. Warten ist ein Unding. Wäre man ein Raum in einem Gebäude, wäre man nicht gerne freiwillig ein Wartezimmer. Orte wie Bushaltestellen, Gates, Wartebereiche in Amtsstuben und Warteschlangen ringen mir Mitleid ab. Während ich in dieser Telefonwarteschleife abwechselnd eine anspruchslose Melodie und eine automatische Stimme höre, die mir rät, mein Anliegen online vorzubringen, frage ich mich, warum sich noch kein Dienstleister überlegt hat, diese Botschaften *singen* zu lassen. Wie eine Lotterie wären die Stimmen. Mal käme die Ansage als Rocknummer der Achtziger, dann als Barockoper, als Trap-Hit oder als Bierzeltgesang. Als Kapitänschor, als gregorianischer Gesang, mit der Stimme eines männlichen Lovers über fünfzig, mit einer weiblichen Nachrichtenstimme, als Kastraten-, Nonnen-, Kinder-, Jugendchor. Probleme mit Musik zu lösen, während Runden in den Warteschleifen gedreht werden, ist ein beruhigender Gedanke.

Hallo, sind Sie noch da? Ich bin noch da, und jetzt sprechen zwei vollends menschliche Stimmen miteinander. Es wird sich gekümmert. Nach dem kurzen Gespräch, in dem es um mein Geburtsdatum, meine Versicherungsnummer, Adresse und Absenztage geht, fühle ich mich entschuldigt. Die Stimme wünscht mir nachträglich alles Gute zum Geburtstag und gute Besserung. Kranke Männer haben etwas Umständliches an sich.

Da erscheint Franz mit einem Teller Semmelknödel in meiner gefliesten Welt. In Fernsehkrimis sind die Zellen der gefährlichsten Verbrecher immer bis unter die Decke gefliest, vorsorglich, für den Fall, dass der Bösewicht plötzlich explodiert wie ein Dampfkochtopf. Alles wäre rot, nass und rot, also nehme ich mir vor, nicht in meinem Badezimmer zu explodieren. Franz bringt zum Dessert Vanilleeis mit heißen Himbeeren, die nur noch lauwarm sind. Lauwarm wie meine Eingeweide auf den kühlen Fliesen. Franz schmunzelt, als hätte er meine Gedanken gelesen und reicht mir eine Papierserviette.

Iris schreibt: *Man muss sich den Untergang des Abendlandes als fröhlichen Tag vorstellen, weder traurig noch ekstatisch, sondern einfach etwas aufgeregt fröhlich wie ein Schulfest ohne Organisatorinnen.* Die Digitaluhr sagt, es ist Zeit. Das glaube ich ihr.

Alles hat sich verschoben. Wer den Morgen verschläft, ärgert sich über die Abenddämmerung, die *gefühlt* schon mittags einsetzt. An manchen Abenden denke ich, es sei erst Morgen, und morgens will ich endlich schlafen. Die Sonne geht zwar auf, aber nicht mehr für mich, nicht in meinem Verlies. Ich sehe keine *coffee-to-go*-Gesichter mehr, keine Anzüge in Eile und höre keine Absätze einem Verkehrsmittel nachlaufen. Ich habe mich grundlos isoliert, leichtsinnig. Ich nehme versehentlich nicht mehr am Leben teil. Ich würde wieder lernen müssen, mich gemeint zu fühlen.

An diesem frühen Abend laufen Stimmen durchs Dunkel auf dem Feldweg am Haus vorbei. Helle Stimmen, gut gelaunte Stimmen, gespannte Stimmen. Ob es nicht zu dunkel sei, um den Weg zu sehen, fragt eine kindliche Stimme. Eine Erwachsenenstimme antwortet heiter, sie könne noch die Kieselsteine am Boden erkennen, so hell scheine der Mond. Eine andere Kinderstimme ruft beflissen, sie könne ihre Laterne dorthin lenken, wo Licht nötig sei. Darauf wandert ein heller Kreis von Kieselsteinen vor den Füßen der Kinder den Weg entlang. Ein Hund folgt ihnen. Ich kämme mir das Haar und putze mir die Zähne.

Später höre ich die spitze Stimme einer US-amerikanischen Fernsehmoderatorin. Das Fenster ist gekippt, unten sitzt Franz auf der mondbeschienenen Terrasse und nimmt *newsfeed* zu sich. Franz ist ein hungriger Bürger und verbringt täglich mehrere Stunden hinter seinem Smartphone. Meistens wird es Mitternacht, bevor sich seiner ein einigermaßen stabiles Gefühl der Beruhigung bemächtigt, die ihn, ausreichend über den Zustand der Welt informiert, ins Bett sinken lässt.

In Amerika spricht man aufgeregt von einem Skandal, der dem amerikanischen Präsidenten, den Rest verstehe ich nicht. An der Leitung liegt es nicht, aber ein später Vogel im Baum vor meinem Fenster hat sich vorgenommen, auf Sendung zu gehen, und unterbricht die Nachrichten aus einer Welt, wo heute noch gestern ist. Dem Vogel ist der angebliche Skandal egal, er besingt die Nacht wie einen immerwährenden Zustand. Ein zweiter Vogel hat in den Gesang mit eingestimmt, es ist unklar, ob er mit oder gegen den anderen singt. Alle Sänger, egal ob Fernsehmoderatorinnen oder Politiker, sind sich des Publikums bewusst, das da draußen unerkannt im Dunkeln sitzt, von Scheinwerfern unbeschienen oder wie hier im finsteren Europa, von der Sonne verlassen. Alle Sprechenden wissen, dass wir da sind, und wir wissen, dass sie es wissen. Wir sehen ihnen an, dass sie nicht allein sind. Also lausche ich dem Duett der Vögel mit der Frauenstimme aus New York, um endlich in meiner Badewanne einzuschlafen, leicht fröstelnd unter den Decken. Bald würde in der Nähe wieder ein Pfarrer ans Mikrofon treten und seine Arme ausbreiten, auf denen die Stickereien in der Sonne glänzten, die wieder erschienen wäre und der Moderatorin in New York die Nacht zurückgäbe.

Ich kann nicht einschlafen und denke an das Haus, in dem ich wohne. Als ich klein war, wohnte in der unteren Wohnung für ein paar Jahre ein Junge namens Heiko. Heiko wie Haiku und genauso wortkarg. Er war kein Freund, Freunde hatte er keine, er war eher ein gleichaltriges Phänomen, das mich duldete, weil er Publikum brauchte. Jemanden, der zuhörte und nicht antworten konnte. Während ich zum sechsten Weihnachtsfest eine Harmonika bekam, wünschte Heiko sich ein Mischpult. Er war ein Radiogenie. Eine Gattung, die es gar nicht braucht, weil Mittelmaß genügt, um Wetter und Staus anzusagen. Heiko hatte ein Kabel verlegt, das aus seinem Kinderzimmerstudio über den Balkon zu mir in mein Zimmer ein Stockwerk höher verlief. Er wusste immer, ob und wann ich zu Hause war. Und er machte Radio, nur für mich, und ich war sein liebstes Publikum, sein einziges.

Heiko ist Radiomoderator geworden. Als Kind war er so scheu, dass er selbst auf Geburtstagen nicht sprach, war er aber *on air*, hörten neuerdings Hunderttausende zu. Seine Mission ist es, den vielen fleißigen Menschen auf dem Weg zur Arbeit den Einstieg in den Tag zu erleichtern, nachdem sie Kaffee gekocht und Tee getrunken, ihren Toast belegt und, weil keiner zusieht, das Besteck abgeleckt haben. Vielen nackten Körpern unter Duschen, für die er einen Popklassiker anmoderiert, das Horoskop für den Tag verliest und ankündigt, was am Wochenende in der Stadt los sein wird. Mütter lauschen seiner Stimme, wenn sie den Kindern Milch in die Schale Cornflakes kippen, Alleinstehende, Arbeitslose und Allergiker empfangen den morgendlichen Trost, nicht ganz allein zu sein. Er verliest Pollenwarnungen und Verkehrsmeldungen wie Psalmen, als man noch was auf das Wort von Klerikern gab. Heiko denkt sich Gewinnspiele aus, die so und so viele Hörer zum Hörer greifen lassen und zwei davon kommen ins Radio, um mitzuraten. Sie dürfen sich mit der Uhr messen. Sie haben eine Minute, mit dem Alphabet, heute beginnen alle Antworten mit M. Geräusche müssen identifiziert werden. Tierlaute und Stimmen berühmter Menschen, Säuglingsgeschrei und Mähdrescher, Länderraten, Schachregeln und Rezepte.

Heiko sitzt vielleicht immer noch in seinem Kinderzimmer und stellt sich vor, dass ich der Einzige bin, der ihm zuhört. Seine ganze Aufmerksamkeit gilt mir. Seit dreißig Jahren denkt er an mich, wenn die rote Lampe angeht und ihn daran erinnert, dass er jetzt sendet. Er könnte nackt zur Arbeit erscheinen, splitterfasernackt in seinem Drehstuhl sitzen, sein Glied entspannt zwischen seinen Oberschenkeln, sein bleicher Oberkörper vor dem Mischpult. Denn Heiko ging nicht gern an die frische Luft, wie es damals hieß. Er war das, was meine Mutter einen *Stubenhocker* nannte und damit kein Möbelstück meinte. Sie hatte keine Ahnung, dass Heiko drinnen saß, weil er *senden* wollte, zu mir, nach draußen.

Als wir uns vor einigen Jahren in der Stadt zufällig begegneten, gestand er mir, dass er seine Freizeit in der Garage verbringe, um an einem alten Auto herumzuschrauben. Dabei lasse er das Radio laufen. Das Wetter sei ihm egal, er sei am liebsten allein unter Knöpfen, Kabeln und Steckern, mit sich selbst und einer Maschine, die man verstehen kann. In der Garage trägt er Blaumann. Ich bin froh, dass wir noch etwas gemeinsam haben.

Menschen wie Heiko genügt es zu wissen, dass man ihre Stimme hört. Während ich in der Wanne liege und meine erstklassig ausgebildete Stimme ungenutzt lasse, ist er fleißig und setzt sich Tag für Tag der Hörbarkeit aus. Ich ermittle im Internet seinen derzeitigen Arbeitgeber. Noch immer arbeitet er beim landesweiten Sender als Morgenshowmoderator. Morgen zwischen fünf und neun Uhr würde er wieder auf Sendung gehen. Ich könnte den Wecker stellen, um rechtzeitig wach zu sein, wenn er das Wort an mich richtet.

Schlafsuchend erinnere ich mich außer an Heiko auch an Bernadette, die Französin und Polin war und eine starke Frau mit Hang zur Hysterie. An Seph, der früher Sonja hieß und aus den USA nicht mehr heimgekehrt war. Ich denke an Iris und an einen alten Freund, der seit Jahren nicht auf meine Emails reagiert, und an seine Frau, die mich angeblich nicht ausstehen kann.

Ich denke an alle Menschen, mit denen ich widerwillig zusammengelebt habe, an Nachbarn, die mich besser kannten, als mir lieb war, an alle Kinder von Kolleginnen, deren Namen ich nicht kenne.

Ich versuche mich an alle Menschen zu erinnern, denen ich jemals begegnet bin, mit Vor- und Nachnamen. Ich sage sie laut ins Badezimmer hinein, und ein Echo antwortet. Es dauert Stunden, denn mein Gedächtnis verweigert meinem Willen oft die Gefolgschaft. Dafür denke ich ausgerechnet an die Kerle aus der Grundschule, die mich nicht mochten. Aber auch Franz kommt vor, die reizvolle Klarinette aus Wien, der Eisverkäufer, die Affäre aus Passau und mein Patenkind, oh Gott, wie heißt mein Patenkind?

Zwölfter Tag
Mittwoch

Von den vielen vergessenen Namen frustriert, habe ich mir morgens Kreuzworträtselhefte an die Wanne bestellt. Dazu gibt es Rührei mit Speck, Leberwurstbrote und Kamillentee. Keine Zeitverschwendung macht bessere Laune, als fehlende Buchstaben an der richtigen Stelle in ein Raster einzutragen. Der Genuss, wenn das gesuchte Wort aufscheint und seine Länge passt. Das enttäuschte Misstrauen, wenn es zu lang ist oder zu kurz, wenn es ein Synonym ist, aber nicht gemeint. Das muss ein Fehler sein, aber nicht meiner. Die Scham, wenn Götternamen in meinem Langzeitgedächtnis fehlen, oder über mein Unwissen in Bezug auf Seen in der Eifel oder US-Bundesstaaten, nach denen nur deshalb gefragt wird, weil sie eine so unwahrscheinliche Buchstabenkombination konstituiert. Läppisch dagegen die Vorsilben und Kosenamen. Was heißt EARY auf Deutsch? Und wie sonst kämen diese Wörter auf dieselbe Seite? SPIELVERDERBER, SOLIDARITÄT, ARIE, DYSLEXIE, KARUSSELL, LOSE, PASSIV, RISIKO, APPLAUS, PLATON: Wörter, vorausbestimmt, nutzlos für den Erkenntnisgewinn, heilsam für Hobbybuchstabierer. OISEAU ist ein perfektes Wort. Eine Stunde ist vergangen, aber keines der Gitter ist lückenlos gefüllt. Dafür die Zeit.

Franz kommt nochmal ins Zimmer zurück und gibt bekannt, dass wir im Juni zu einer Hochzeit eingeladen sind. Wir sollen dort gemeinsam auftreten und seien eingeladen, auf alles eingeladen und großzügig honoriert, obwohl es Freunde sind, die heiraten. Wir würden tanzen, singen, trinken. In Heiraten steckt RATEN. Bis Juni ist es noch lang, aber Franz meint, eine Zusage könnte heikel sein, wenn mein Experiment noch lange dauere. Ich denke: Vorgang mit zehn Buchstaben, ich denke LABOR und fühle mich von meinem Freund bemitleidet. Das gefällt mir gar nicht. *Experiment* kann vieles bedeuten, für die meisten klingt es nach gefährlicher Unvorhersehbarkeit. Naturwissenschaftler hoffen auf konstante, überprüfbare Ergebnisse, Künstler erwarten sich von Experimenten Unerwartetes. Ich kann warten. Wohin würde mich mein Experiment bringen, wenn nicht wieder raus aus der Wanne? Nur weil ich den Ausstieg verpasst habe, ist das Ende nicht absehbar. Wäre ich ihr nach der ersten Nacht entstiegen, wäre es ein guter Witz gewesen. Erst die Ausdauer macht mit einer lustigen Idee ernst.

Fluchtwort mit vier Buchstaben. EXIL, das war leicht. Wer hat eigentlich die Computerprogramme erfunden, die Kreuzworträtsel machen? Und ist die betreffende Person jetzt so reich, dass sie zu arbeiten aufhören konnte und nun zum Zeitvertreib Kreuzworträtsel löst? Ein Raster fülle ich eilig mit irgendwelchen Buchstaben. Ich stelle mir vor, jemand sähe mir dabei zu, und es fühlt sich wie ein Streich an, wie Scharlatanerie, Aufschneiderei.

Gesehen zu werden fehlt mir. Die Bühne fehlt mir, trotz ihres doppelten Bodens. *Hopp Pony!* Für die Bühne gemacht, reite ich im Kreis wie die Pferdchen von Karussellen, stolz, stabil und gut frisiert. Die Manege ist rund, ich sehe immer alle von vorne. Ich sehne mich nach der Bühne und unter die Augen anderer. Will wieder erröten und mich versprechen und eine Frage stellen, auf die ich noch keine Antwort habe. Habe Lust auf neue Bekanntschaften, aber müsste dafür das Haus verlassen, sonst werde ich keine machen.

Ich nehme mir vor, in eine Stadt zu fahren, in der ich noch nie zuvor gewesen bin. Ich will dort in der Lobby des größten Hotels sitzen und die vielen Fremden dabei beobachten, wie sie in ihren beigen Zweiteilern und roten Sakkos und blauen Blazern und hohen und flachen Schuhen durch die Drehtür herein- und hinausgehen, sich kurz fühlen wie Humphrey Bogart, obwohl sie keine Hüte tragen und den Schirm nicht dabeihaben, weil die Sonne scheint. Ich will mir die Fremden ansehen, als könnte ich sie mir aussuchen, als könnte ich sie unter einem Vorwand ansprechen und mich in ihr Leben drängen. Ich könnte ihr Vertrauen gewinnen und später wieder verspielen. Ich könnte mich so betragen, wie ich es nie gelernt habe, könnte unpünktlich und laut sein, mit Fremden in einer fremden Sprache sprechen und nicht verraten, welche Farbe mein Pass hat. Ich könnte aufmerksam zuhören oder so tun, könnte mir einen neuen Vornamen geben oder meinen musikalischeren Zweitnamen nennen, *Amadeus* sagen, statt *Sebastian*. Ich könnte den Eintretenden ins Gesicht sehen und dabei so lächeln, wie es Leute tun, denen man schon mal begegnet ist, ohne zu wissen, wo und wann, und ich würde dasitzen wie ein Stammgast, obwohl ich das erste Mal hier wäre. Würde locker die Beine übereinanderschlagen und in den weichen Kissen versinken und die Eintretenden durch die verspiegelten Wände vervielfacht zum Lift gehen sehen, einem alten, vergitterten Prachtstück, aus dem heraus man die Treppenstufen sehen kann, die sich schneckig um den Liftkäfig herum hinauf- und hinabwinden, würde PATERNOSTER denken und daran, wie viele Buchstaben das Wort hat, passt, elf. Ich würde mich fragen, was der Lift mit dem Vaterunser zu tun hat, und an die Freude der Erwachsenen denken, die wie kleine Kinder auf ein fahrendes Karussell aufspringen, um beherzt im richtigen Moment wieder herauszuhüpfen, oder im Kreis fahren, wenn sie sich im Stockwerk getäuscht haben oder sich noch länger täuschen lassen wollen. Würde dasitzen, als wartete ich auf meine Begleitung, die sich im Zimmer 207 zurechtmachte, das richtige Kostüm auswählte und den passenden Duft dazu. Zimmer 207 wäre auch mein Zimmer, ein Zimmer mit Badewanne. Was für ein Zufall! Dabei hätte ich nur mal gefragt, aber meine Frage wäre jemandem wohl Befehl. Ich hätte Angst vor der Badewanne. Ich wollte lieber nicht. Ich überwände mich stattdessen zu einer eiskalten Dusche, um nicht Gefahr zu laufen, im Badezimmer sitzen zu bleiben, anstatt hinauszugehen in die Fremde, die mich erwartete, und sei es nur die Eingangshalle des Hotels. So bliebe ich länger in der Lobby als geplant, obwohl ich nichts vorhätte. Ich bemerkte, dass meine Anwesenheit von den Angestellten, die ihren Spiegelsaal mit mir teilen mussten, registriert würde. Sie würden versuchen, mich freundlich zur Bestellung eines weiteren Erfrischungsgetränks oder Aperitifs zu ermutigen. *Ein Cola bitte, Nüsschen, gerne.* Ich würde langsam trinken und noch zwölf Ankommenden dabei zusehen, wie sie sich an der Rezeption höflich abfertigen ließen. Drei noch, dann würde ich aufstehen und mich von der Drehtür ins Freie drehen lassen, durch das gläserne Karussell nach draußen, wie durch ein logisches Phänomen, ein Rätsel, das nicht drinnen und nicht draußen ist. Die Cola würde auf mein Zimmer geschrieben, man würde darauf vertrauen, dass ich wiederkäme, und ich freute mich über die vier süffigen Buchstaben.

Draußen in der Allee der unbekannten Stadt würde ich allen Entgegenkommenden direkt ins Gesicht sehen und ihre Gespräche mit dem markanten Lächeln und dem selbstbewussten Gang einer Berühmtheit kurz zum Verstummen bringen. Ich schöbe die Hände an der Jackettöffnung vorbei in die Hosentaschen und liefe lockeren Schrittes an den gleichmäßig gepflanzten Bäumen entlang, mit der Gewissheit, keinen Plan zu haben, keine Richtung, keine Verabredung. Ich ginge an einem

Kino vorbei und erwöge, eine Spätnachmittagsvorstellung zu besuchen, um der Sonne zu entgehen und mich unter Zuschauern verstecken zu können statt auf einer Bühne. Ich entschiede mich anders und ginge zum Theater und erwürbe am einzigen geöffneten Kassenschalter eine Karte Kategorie A, vielleicht zur Belohnung, vielleicht aber auch zur Strafe für meine Impulsivität. Ich würde meinen Kollegen aus der zweiten Reihe beim Sprechen, Singen und Spucken zusehen können. Es wäre ein Musical, die Schauspieler sängen und die Sänger spielten Rollen. *Sound of Music* könnte es sein, ein scheußliches Stück, und ich ließe es über mich ergehen. Ich würde mein Timing bewundern und mir die Zeit bis zum Vorstellungsbeginn und in der Pause mit einem Besuch beim Kiosk vertreiben, eine internationale Wochenzeitung erwerben, die ich später ungelesen gefaltet im Hotelzimmer zurückließe, und ein paar Postkarten mit aufgedruckten Briefmarken, würde eine an Franz schicken, an meine eigene Adresse, und eine an Melissa, obwohl ich wusste, dass sie an jener Adresse nicht mehr wohnte, aber die neue konnte ich noch nicht auswendig. Ich würde eine an meine Schwester schicken und an den Hausarzt, an das Ensemble und eine an einen alten Schulfreund, dessen Adresse ich mir gemerkt habe, obwohl wir einander seit dreißig Jahren nicht begegnet sind und ich nicht einmal weiß, ob er noch lebt. Aber *ich* lebe noch, das habe ich doch gerade festgestellt! Ich würde dann einen Hot-Dog-Stand aufsuchen und eine Wurst mit Senf bestellen, die lauwarm wäre und beim Zubeißen leise knackte. Ich würde schließlich viel zu früh im Foyer des Theaters auftauchen und ginge ausführlich in die noch leeren Räume, ins WC, wüsche meine Finger rein vom Wurstgeruch und nähme auf den kleinen runden Sitzflächen der Stühle in der Foyer-Bar Platz, die, wie in alten Kinos, Schokoriegel anbot, während ich der Garderobenfrau dabei zusähe, wie sie die Nummern auf den Schildern kontrollierte und sich die Haken zaghaft füllten. Die Menschen, die sich aus Jacken und Sommermänteln schälten, sähen erschöpft aus. Sie wären aus Pflichtgefühl hier und schienen sich auf den Abend nach der Vorstellung zu freuen, der für manche erst der echte Feierabend wäre. Die meisten davon wären wie wir alle ein bisschen mürrisch und sehr müde.

Ich ließe mir Zeit und ginge erst beim zweiten Gong zu meinem Sitzplatz, vorbei an denen, die extra für mich aufstehen müssten und wüssten, dass ich das auch für sie hätte tun müssen, weshalb sie zäh lächelten und mir demonstrativ nachsichtig den schmalen Pfad vor ihren Fußspitzen freigäben, damit ich an meinen Platz, der die Nummer 40 trüge, gelangen könnte. Ich würde beim ersten Ton der Musik in einen leichten Schlaf fallen, aus dem ich kurz eingenickt in meiner Badewanne erwache, ein Lied im Kopf: *My Favorite Things*.

Trotz Mittagsschlaf ist der Tag noch lange nicht aufgebraucht. Ich beneide die Tiere, die täglich in ihrem eigenen Kleid erwachen dürfen und es niemals ausziehen, nicht mal zum Sterben. Die Kaninchen des Bauern sitzen ein Leben lang in der immer gleichen Wolle, weich und flauschig, zitternd und mümmelnd vor den nackten Menschenhänden. Ihre Wortlosigkeit macht mir zu schaffen. Hasenaugen blinzeln selten, sie klagen mich an mit ihrer glänzenden Stummheit. Ich kenne den Fachausdruck für die Wirkung des weichen Fells, wenn es mit glatter Menschenoberfläche in Berührung kommt: OXYTOCIN, acht Buchstaben. Es setzt Glückshormone frei, ein Tierfell zu streicheln. Die ganze Haut ist Pforte für Informationen aus der Welt. Sie nimmt Temperatur, Licht und Kontakt wahr, und sei es nur mit dem Wind. Berührungen anderer Menschen sind lebensnotwendige Reize, das haben Ammen bewiesen, deren schutzbefohlene Säuglinge zugrunde gingen, wenn sie ihnen den Körperkontakt versagten und nicht mit ihnen sprachen. Strände, auf denen der heiße Sommerwind über die wenigen Armhärchen streicht, sind Brutkästen für infantile Erwachsene.

Vor dem Fenster liegt noch braun das Feld. Der Bauer ist draußen am Tun, was Gott befohlen hat. Keine Rehe in Sicht. Eine Sonne wie am ersten Tag und ein paar Tiere in den Wiesen, die nichts sagen. Dahinter in der Stadt wird bereits gesprochen und verwünscht. Die Verwüstungen sind vollzogen, neue vorbereitet.

Ich esse ein angetrocknetes Leberwurstbrot und werfe einen Blick ins Internet. Das meiste geht mich nichts an. In einer Reportage wird mir versichert, dass ich Glück habe, jetzt nicht anderswo zu leben. Alle anderen Orte der Welt werden als unwirtlich dargestellt, zu kalt, zu heiß, zu gefährlich. Ich habe frei, denke ich trotzig und versuche mich zu fühlen wie andere Erschöpfte in den Ferien. Von der Badewanne aus kann niemand die Welt retten.

Vor den Nachrichten wird mir gezeigt, welches Auto ich kaufen sollte, um dem Land zum wirtschaftlichen Wiederaufschwung zu verhelfen. Ich sehe eine lächelnde Familie, alle mit V-Ausschnitt, die in der tiefstehenden Morgensonne eines neuen wohlverdienten Ferientages ihren glänzenden Campingbus beladen, in dem Surfbrett, Bälle, Kinder und Hunde Platz finden. Mir wird außerdem mitgeteilt, welcher Staubsauger alle anderen Modelle hinter sich lässt, welches Waschmittel noch weißer wäscht als andere und dabei einen ökologischen Beitrag zur Rettung des Planeten leistet und auf welchem Kreuzfahrtschiff ich Urlaub machen müsste, um meinem Lebensglück die zivilisatorische Krone aufzusetzen. Ich sehe die Lottozahlen, die diese Woche wieder jemanden ins Unglück stürzen werden, und erschrecke über den Reiz des Schicksals, das alle Spieler in der Hand hat.

Ich nehme nicht Teil am Leben der anderen, der Fleißigen, Hungrigen, Tätigen, habe kein Recht auf meine Badewanne. Wie lange werde ich mir dieses Leben in

Abwesenheit noch erlauben können? Müsste ich meiner Wanne nicht wenigstens kathartisch gereinigt entsteigen? Als Geläuterter, aus der Klause Zurückgekehrter, besonnen und weiser geworden, ein Eremit mit klarem Blick und einer frohen Botschaft für alle, die inzwischen das Feld bestellt haben, während ich mich vom Spielfeld nehme. Müsste ich nicht wenigstens anständig sublimieren, was mir der Rückzug aus der Welt der Geschäftigen beschert hat? Wie Diogenes. Aber Diogenes mochte die Sonne lieber als ich und hatte keinen Freund wie ich. Wird man mir eine Rechnung für meinen Aufenthalt im Exil präsentieren? Für die Leistungen, die alle erbringen müssen, die sich aus der Gemeinschaft der Werktätigen verabschieden? Ich habe keine Motoren repariert, keine Zahnfüllungen ersetzt, keine Kinder erzogen, nachts keine Gleise verlegt. Würde man es mir übelnehmen, wenn ich mit leeren Händen wiederkäme? Wollte man Weisheiten von mir, Denkwürdigkeiten aus der Grenzzone, der Grauzone zum Wahnsinn? Selbst in einem Schweigekloster hätte ich den Tisch decken müssen. Die verpasste Zeit, die vertanen Tage sollen sich auch gelohnt haben. Wie alles sich lohnen muss. Selbst eine Reise wird zu dem Zweck angetreten, sich gelohnt zu haben, sobald sie vorbei ist. Dabei könnte ich endlich einmal einschlafen, ohne den Wecker zu stellen, ohne rechtzeitig aufzuwachen, weil jede Zeit recht ist. Dabei scheint es, als gäbe es nie genügend Zukunft. Wenn ich nur wüsste, wie es wirklich um mich steht. Ich reime mir irgendetwas zusammen aus Selbstrettung und Wohlstand. Künftig werden Autos nur noch ohne Beifahrersitz ausgestattet sein. Wann war mir der Keilriemen gerissen, wenn ich ein Auto wäre?

Ich rede mir ein, dass ich mit dem Campingbus und den Surfbrettern nicht gemeint bin. Stattdessen sitze ich unbeweglich in der Badewanne, mit dem Laptop auf dem WC-Deckel, im Internet, das mich mit der Welt vernetzt, und lasse die Nachrichten über mich richten. Ich sehe eine Hungersnot auf einem fernen Kontinent, eine Sintflut auf einem anderen, Wahlbetrug auf einem dritten und Waldbrände am nächsten. Die Katastrophen greifen um sich. Wie Schallwellen dringen sie in jedes Haus und weichen die Unversehrtheit auf. Die Bomben fallen am helllichten Tag. Man schert sich nicht mehr um den Schutz der Dunkelheit. Heute wird am Tag bombardiert, heute gibt es freie Sicht auf das Spektakel, alles steht im vollen Licht. Im Krieg ist die Bühne überall, und die Bühne hat kein Dach mehr. Der Vorhang ist zerrissen, es gibt keine Grenze mehr zum Publikum. Die Täuschung ist vorbei, alles ist sichtbar. Und der Held? Nackt.

Jetzt ist der Himmel fast so dunkel wie die Bäume, deren Umrisse sich nur noch schwer erkennen lassen. Naturgedichte. Ausgerechnet jetzt! Dabei geht weit weg gerade das Licht an über der totalen Zerstörung eines siebenstöckigen Wohnblocks. Ein Balkon hängt halb von der Fassade, von dort maunzt ein weißes Kätzchen. Die Traurigkeit dort wird sich auf die Stadt legen wie nasser Samt. Die Tassen werden aus Samt sein vor Traurigkeit und die Türen samtene Klappen. Geräte und Wörter – mit Samtbezug. Aus Stoff die Wände, die Schuhe, eine Bordsteinkante vollständig mit Samt bezogen, die Autos aus dem matt schimmernden Stoff. Die Zeitungen werden aufhören, die Wettervorhersagen abzudrucken. Das Wetter wird kein Thema mehr sein, niemand spricht mehr gern darüber. Früher war es ein gemeinsames, unverfängliches, ein verbindendes Schicksal harmloser Tagesstimmung, ein flüchtiges Abbild einer meteorologischen Region. Aber das Wetter hat seine Harmlosigkeit verloren, nichts ist mehr bedeutungslos. Jede Wolke bedeutet etwas und könnte alles bedeuten. Niemand blickt mehr sorglos in den Himmel. Längst ist das Wetter Schicksal geworden. Die Sonne ist gleichgültig, ihr ist das Leben egal.

Franz kommt mit einem Glas Milch und leistet mir beim Tele-Elend Gesellschaft. Die Milch ist gezuckert, auf dem kalten Schaum schwebt eine Prise Zimt. Wenn ich noch Wochen in diesem gefliesten Zimmer würde bleiben müssen, so sind es die Begegnungen mit der ferngesehenen Welt und meinem treuen Freund, die mich hier halten. Der Wahnsinn wird schon nicht so zäh zu einem kommen, eher jäh stellte ich mir vor, vom Irrsinn gepackt zu werden wie ein Kaninchen am Nacken. Fluchttiere. Sie bieten keinen Widerstand gegen die knochigen Menschenhände, die sich das Glück aus ihrem Fell saugen. Auch ich biete keinen Widerstand mehr.

In einer Tierdokumentation gegen Mitternacht können wir zusehen, wie ums Essen gestritten wird. Große Reißzähne zerfleischen arme Pflanzenfresser. Ein anderer Kanal zeigt die Fresslust von Raupen, die im Nu einen ganzen Baum seiner Blätter entledigen. Alle Tiere haben dauernd Hunger und wollen sich vermehren. Ein solches Tier zu sein, ist ein beschämender Gedanke.

Ich nehme mir vor, nur noch nackt zu schlafen, wenn ich einmal in die Außenwelt zurückkehren sollte. Ich würde die Wärme der eigenen Gliedmaßen jede Nacht auf meinem Rumpf spüren. Ich würde wie neu zu arbeiten beginnen müssen, obwohl ich mich alt fühle. Ich würde mich dazu anhalten, die vergangenen Tage als Stärkung zu begreifen, als Training eines Muskels, den ich noch nicht kannte. Ich würde es schaffen, bald wieder den Wecker zu stellen und den Wasserkocher einzuschalten, selbst Kaffee zu brauen und die Schnürsenkel zu binden. Ich würde mich rechtzeitig an die geltenden Verkehrsregeln erinnern und meinen Motorroller mit einem Schloss absperren, dessen Zahlencode mir rechtzeitig wieder in den Sinn käme. Ich würde Hände schütteln und vor Erleichterung an die Brust gedrückt werden, würde Komplimente über mein Aussehen erhalten. Ich würde die Bühne betreten, ohne das Mikrofon umzustoßen, ich würde nicht taumeln und festen Boden unter meinen Füßen spüren und die Zehen in den Schuhen. Ich würde gut zuhören und den Einsatz nicht verpassen, ich würde über mich selbst hinauswachsen und bei den schwierigen Soli nicht an meine Badewanne denken, nicht an die Heringe oder Poseidon, nicht an Discokugeln und Firmungsanzüge. Ich würde nicht ans Bruttoinlandsprodukt denken und an mein verlorenes Kind. Nicht an die einsamen Nächte im Internet, nicht an den Kleiderschrank meiner Mutter neben ihrem leeren Bett und nicht an das Kleiderkarussell in meinem Kopf. Die feuchten Flecken unter meinen Achseln ließen mich kalt. Ich wäre erschöpft und zufrieden, hingegeben an die Arbeit, die keine Ablenkung duldete. Ich dächte nicht daran, mir einen freien Tag vorzustellen.

Ich sänge, als wäre es das letzte Mal, als gäbe es danach keinen Sauerstoff mehr. Als gäbe es kein Publikum und keinen Intendanten, keine Streichorchester und Garderobenbediensteten, sobald der letzte Ton verklungen sein würde. Ich sänge, wie Mama das Schlaflied sang, geduldig und genau. Ich sänge um mein Leben.

Ich stünde da und wüsste wieder, warum ich nicht Zahnarzt geworden bin, denn *ich* bin der, der den Mund öffnet. Ich wüsste, dass Fitnessstudios nicht mich meinen. Reisebüros würden mich nicht mehr stören und die Schokoriegel im Regal des Kiosks zwinkerten anderen zu. Die bunten Getränke in den ins Offene brummenden Kühlschränken könnten mich nicht anlocken, aber eine Kugel Eis würde ich mir gönnen. Die Auswahl in der Vitrine wäre bunter als früher, aber grünes, blaues oder petrolfarbenes Eis fröre darin nicht für mich. Ich nähme das vanillefarbene und das schokoladenbraune, eine unschlagbare Kombi, seit es Eiscreme gibt. Sorbets wären mir zu vornehm, und da schösse auch schon ein dunkelbrauner Tropfen auf mein Hemd und wäre schneller als ich, sodass ich nach der Pause mit einem Fleck auf der Brust weitersingen würde, wie ein mit dem Orden eines großen Verdienstes Ausgezeichneter, den man auf der Tonaufnahme hören, aber nicht sehen könnte. Ich stelle mir vor, an welchem Platz dieses verkleckerte Erfolgshemd im Kleiderkarussell landen würde, wenn ich es jemals wieder zu Gesicht bekäme. Ich denke an den Eisverkäufer und seinen schönen Vornamen, an den ich mich nicht erinnern kann. Giuseppe vielleicht. Und weiter denke ich nichts, nur *Giuseppe vielleicht*, immer wieder *Giuseppe vielleicht*, während ich singe und singe und singe und singe und singe.

Dreizehnter Tag
Donnerstag

Franz weckt mich, er telefoniert wieder gut vernehmlich vor meiner Tür. Mit wem eigentlich? Schon wieder mit der Schwester? Hat sie nicht Besseres zu tun, als sich um mein Wohlergehen zu sorgen? »... verwahrlost. ... sauber schon... Badezusatz. ... Wie ein Schwein. ... Wie könnte ich das? Ich kann ihn ja nicht... Arztbesuch... Hausbesuch... rote Flecken... keine Handhabe... wie ein Rindvieh im Fluss.«

Dann tritt er ein, mit einem Brief von Melissa. Sie weiß, dass ich noch lebe und nicht verhungert bin, Franz hat ihr bestimmt davon erzählt. Beide lieben das Kochen, das ist ihr Gesprächsthema. Melissa schreibt von ihrer neuen Liebe und der, die sie mir damals am Strand von Scheveningen bei Patat und Pindakaas geschworen hatte. Sie war seit damals ohne Mann geblieben. Nach mir war Anna eingezogen, die Architektin aus Rotterdam. Sie hatten zusammengelebt, bis sie ein Paar wurden, und jetzt wollen sie bald heiraten. *Natürlich* will ich Trauzeuge sein.

Melissa galt allen immer als meine große Liebe, dabei war sie nur Alibi gewesen für ein Leben, das mir gut zu Gesicht gestanden hätte. Obwohl ich fast täglich an sie denke, denke ich nicht an sie wie an jemanden, dem ich dafür böse bin, nicht bei mir zu sein. Ich denke an Melissa wie an eine Cousine, die man als Kind nicht heiraten durfte. Wie an ein Sternbild, das nur manchmal bei günstiger Witterung sichtbar ist, immer da, zwar unsichtbar, aber gewusst. Aber eigentlich fehlt mir im Moment nur Franz. Nächstes Mal, wenn er wieder kommt, will ich ihm einen Vorschlag für eine gemeinsame Unternehmung machen, etwas, worauf wir uns freuen können. Den Sonntagskrimi anschauen. Vielleicht von der Badewanne aus, vielleicht mit frischem Popcorn, vielleicht mit Prosecco und Popcorn. Vielleicht käme er im pinkfarbenen Bademantel. Herr Flamingo.

Soll ich an einem Wochenende ins Leben zurückkehren? Oder muss es ein Montag sein? Was wäre die geeignete Tageszeit? Und was würde meine Matratze sagen, wenn ich ihr plötzlich wieder zur Last fiele? Ich könnte zunächst das Schlafzimmer neu streichen, taubenblau. Oder taubengrau? Ich sollte die Vorhänge abnehmen und alles entfernen, was ich nicht zum Schlafen brauche. Nur das Bettgestell, die Matratze, das Bettzeug und eine kleine Lampe am Kopfende. Der Kleiderschrank müsste umziehen. Ich würde ihn in den Gang stellen, neben das Treppengeländer, und daran noch einige zusätzliche Haken montieren, um alle meine Hüllen daran aufzuhängen. Ich würde das Schlafzimmer nur noch nackt betreten dürfen. Nicht einmal Socken wären erlaubt. Und wenn ich das Haus verließe, dann vielleicht nur im Blaumann.

So gekleidet ginge ich zur Tankstelle, und sobald ein Auto in die Tankbucht einführe, fasste ich nach dem Putzeimer und tauchte die ausgefranste Schaumstofflippe in das graue Wasser. Während der Fahrer zur Kasse ginge, führe ich mit dem Putzgerät über die Windschutzscheibe seines Wagens. Unzählige Frühlingsfliegen klebten da und ließen sich nur nach viel Hin und Her einigermaßen wegwischen. Das Wasser liefe in meine Ärmel und tropfte auf meine Brust, bis der Kunde zurückkäme, überrascht auflachte und mir eine Münze in die Hand drückte. *Gute Fahrt!*, dankte ich und stellte den Putzeimer zurück neben die Tanksäule.

Im Gefühl, gebraucht zu werden, schritte ich zurück zur Straße und setzte meinen Weg fort. Meine Tarnung wäre perfekt. Ich sähe aus wie jemand, und jemand wollte ich bleiben, wenigstens für die anderen. Ich würde überall für einen gehalten, der Probleme löst, und ginge mit erneuertem Selbstbewusstsein weiter, singend, in gehobener Stimmung. A-Dur. Ich stelle mir vor, wie ich ab jetzt Automechaniker sein könnte, wenigstens in meiner Freizeit. Wie ich Sanitäranlagenreiniger werden oder Pakete ausliefern könnte. Ich stelle mir vor, wie ich, wenn ich hier rauskäme, nur noch den Blaumann trüge. Dass ich ab jetzt in Zivil immer den Arbeitsoverall trüge, den ich nach Ankunft in der Operngarderobe auf meinen Haken hinge, um in die Kostüme für die anstehenden Rollen zu schlüpfen. Die Proben würde ich im Blaumann singen, die Hotels würde ich nach Gastauftritten im Blaumann betreten, an den Bars im Blaumann ein Pils bestellen. Dort würde ich irgendwann vielleicht sogar gebeten, mir ein Problem am Wasserhahn anzusehen. Ich könnte im Blaumann Zug fahren und Einkäufe erledigen, und nur noch auf Theaterbühnen wäre ich als Opernsänger erkennbar. Nun müsste ich nur noch Publikum finden, gleich jetzt.

Ich könnte in eine Stadt fahren, in der Franz ein Konzert gibt, als einziger Blaumann im Parkett. Franz würde auftreten, als Klaviervirtuose verkleidet durch die Stühlchen des Orchesters gehen, ohne einen Notenständer umzuwerfen. Vor dem Instrument Platz nehmen und demütig auf seinen Einsatz warten. Nach dem langen Solo, nach seinem grandiosen Spiel, würde er immer noch aufrecht, aber mit entspannt hängenden Schultern am Flügel sitzen bleiben und den Kollegen zusehen wie einem Sonnenuntergang. Das Finale würde *grande* sein, und er und die erste Geige würden vom Musikdirektor aufgefordert, sich zu ihm an den Bühnenrand zu bewegen, wo sich die drei stellvertretend für alle mehrfach verbeugen würden. Das Publikum würde toben, *Bravo* rufen, bis sich die ersten begeistert Klatschenden von ihren samtbezogenen Klappsitzen zu stehenden Ovationen erhöben. Das Bühnenlicht würde blenden, aber auch alle anderen Lichter gingen an, das Publikum jubelte vor Begeisterung. Und ich stünde auch auf, zweite Reihe, Mitte, und Franz sähe mich in meinem Blaumann.

Ich suche auf seiner Website nach den anstehenden Auftrittsterminen. Und weil ich schon online bin, sehe ich mich im Internet auch nach einer neuen Badewanne um. Ich könnte mir eine Klauenbadewanne kaufen und auf die Wiese stellen. Darunter würde ich Steine und Feuerholz legen. Ich würde das Wasser heizen und im Freien baden, stundenlang. Wilde Vögel würden über meinen Kopf hinweg Richtung Süden ziehen, und es wäre niemand da, der mich sehen könnte.

In den Hotels der Hauptstadt gibt es *Standard Queen Rooms* mit *King Size Bed*, aber kaum noch Badewannen. Ich finde eine im Gasthaus *Zum Schwarzen Adler* am Stadtrand und will am liebsten sofort buchen. Sollte ich meine Wanne in absehbarer Zeit verlassen, könnte ich Ferien planen in Zimmern mit geräumigen Badewannen. Ich könnte *bathtub*-Reviews verfassen und mit Taste Null an der Rezeption noch extra Decken zur Füllung verlangen. Ich könnte mich freuen über die Geräusche der Wasserleitungen, und über das unbenutzte *King Size Bed* im Schlafzimmer der Suite. Ich würde Zimmer bevorzugen, wo die Badewanne freistehend im Schlafzimmer auf mich wartet, und den gesamten Kofferinhalt auf dem unbenutzten Bett auslegen. Alle meine Kleider auf dem tadellos geglätteten Bettbezug ausbreiten, um zu sehen, wer ich wäre, wenn ich das Gebäude verließe, wer ich werden könnte, wenn ich nicht nackt wäre. Wie sollte ich wieder unter Leute gehen können, ohne einen Dresscode zu vertreten? Wie könnte ich möglichst deutlich bekleidet sein? Was trägt man, wenn man niemand mehr ist oder sein will? Wie soll ich mich zu dem Zusammenhang zwischen Kragen und Hosenbund verhalten, wenn unklar ist, was ich repräsentieren will.

Die Heizung im Bad steht immer noch auf Stufe vier. Nackt liege ich auf einem Meer von Decken, das bis knapp unter den Beckenrand reicht. Aufgebahrt mit verschränkten Armen und geschlossenen Augen, ein Pharao des Widerstands, lausche ich dem Glucksen der Heizungsrohre. Sie geben sich Mühe, aus meiner Behausung einen Brutkasten zu machen. Ich liege im platonischen Illusionskarussell der nicht eingenommenen Haltungen.

Neuerdings macht mich eine nierenschwere Nüchternheit morgens matt und abends still. Ich habe von meinem Vater nicht nur gelernt, die Arme auf dem Rücken zu verschränken, sondern auch, dass es gar nicht viel ausmacht, etwas nicht genau zu verstehen, solange man es nicht verpasst. Es gab entscheidende Momente in der Weltgeschichte, deren Ausgang oft davon entschieden wurden, wer wann wo zu spät oder zu früh durch eine bestimmte Tür trat. Aber Franz kommt nicht.

Er telefoniert schon wieder vor meiner Badezimmertür. Jemand will wissen, ob ich Schmerzen habe.
»Immer nackt... seit zwölf Tagen. Hautausschlag... Ja, nackt. Fisch, Kaffee... nein, keinen Tropfen. Brennen? Welche? Wie bitte? Dys-äs-the-sie?«

Dysästhesie, was für ein Wort! Seltene Krankheit mit zwölf Buchstaben, wegen des Umlauts. Das Internet sagt: *medizinischer Fachausdruck für eine Empfindungsstörung.* Bin ich empfindungsgestört?

Habe ich die sogenannte Dante'sche Krankheit? Es ist unmöglich, mit dieser verdammten Diagnose ein normales Leben zu führen. Sie beschert dem Sünder Höllenqualen, profane Nacktheit wird zum Dauerzustand, weil selbst das Tragen von Kleidung schmerzt. Die zur Nacktheit Gezwungenen können in ihr keine Befreiung sehen, keine Protesthaltung, nur Resignation. Welcher Tätigkeit können diese Patienten noch nachgehen? Stehend, ohne etwas anzufassen, aufrecht, breitbeinig, mit offenen Armen berührungslos weit weg vom Rumpf, den Schmerz ventilieren, herausschreien, heraussingen, weil die Füße brennen. Ein Sänger mit Dysästhesie kann immer noch im Dunkeln auf der Bühne stehen. Nacktsingen. Ich könnte meiner Arbeit unbekleidet und mit geschlossenen Augen nachgehen. Im Dunkeln zu singen, ist schwerer als bei Licht, weil die Schwerkraft da draußen sichtbar ist, und sie hält die Dinge an ihrem Ort, an denen ich die Töne festmachen kann. In der Dämmerung singt es sich am leichtesten, dann ergrauen die Farben. Singen im Freien ist schwerer als in kleinen Räumen, und singend im Wald schäme ich mich vor den vielen Bäumen. Das Festgewachsene stimmt mich traurig. Wo andere Menschen durchatmen und Mut schöpfen, leide ich mit den Angewurzelten.

Nach dem belauschten Arztgespräch lade ich mir *Die Göttliche Komödie* auf meinen Laptop als Hörbuch herunter. Insgesamt fünfzehn Stunden kann ich einer fremden Stimme lauschen, die alte Worte sagt, die mich nicht direkt betreffen. Die Männerstimme klingt monoton, manchmal schlafe ich dabei ein, um wieder aufzufahren, wenn meine Bettstatt in Flammen steht. Aber die genaue Aufzählung der Qualen in der Hölle macht mir auch Mut: So alt sind also die Zweifel der Menschen schon! Schlimm ist nur, dass sie die Qualen ihrer Folter *auf alle Ewigkeit* erleiden mussten. Ich bin nicht gläubig, aber ich glaube trotzdem, dass das nicht richtig ist.

So liegen die Ewigtraurigen im Morast, versunken im nassen Grund, zur Strafe dafür, ihre Lebenszeit mit Traurigkeit verschwendet zu haben. Zeitverschwendung. Verschwendung mit zwei N. *Verschwenndung* und Gier und Maßlosigkeit sind die Laster derjenigen, die nicht an den Mangel glauben. Die Zeitverschwennder glauben nicht an den Tod, solange sie noch leben. Die Geizigen müssen in einem immerwährenden Regen ausharren, ohne Kleidung, einem ewigen Prasseln ausgesetzt. Der stete Tropfen frisst sich durch die Haut der menschlichen Leiber, aber nie dürfen sie daran zugrunde gehen. Die heißen Orte machen mir weniger Angst als die feuchten. Unverdienter Wohlstand kann wahnsinnig machen.

Das Wasser in der Wanne ist kühl geworden. Frierend entschließe ich mich zu einer heißen Dusche, auch um die Stimme des Erzählers wenigstens für eine Weile zu übertönen. So hocke ich lange unter dem dampfenden Wasserstrahl. Meine Kopfhaut wird weich und fühlt sich rot an, die Arme quellen auf und meine Beine leuchten rosa. Ob es auch die Bibel als Hörbuch gibt? Nach neun Stunden Dante und einer zünftigen Verbrennung an den Schienbeinen fühle ich mich erstmals der Aufgabe gewachsen, aus der Heiligen Schrift vorgelesen zu bekommen.

Vorlesen war immer Muttersache. Vielleicht habe ich die Muttersprache nur deshalb gelernt. Die Bewegung ihrer Lippen, wenn sie die Worte aufsagte, die dastanden, um aufgerufen zu werden, eins nach dem anderen. Als Kind liebte ich ihre ungeteilte Aufmerksamkeit. Sie war die, die mich gewollt hatte, noch bevor ich auf der Welt war. Inzwischen finde ich es fast normal, von meiner Mutter in der Vergangenheit zu sprechen, und ohne Mutter ist meine Muttersprache Stillstand. Eine Vatersprache habe ich auch nicht, dafür eine Männerstimme. Und wie echte Männer bin ich es nicht gewohnt, nicht zu bekommen, was ich will.

Wahrscheinlich bin ich nur hungrig. Ich habe Appetit auf einen halben Liter Naturjoghurt, wie zur Behandlung von inneren Verbrennungen.

Aber Franz bringt mir heute kein Joghurt. Stattdessen hat er neben den Weinflaschen im Keller eine große Auswahl an Konservendosen mit Fisch gefunden, Sprotten, Schillerlocken, Sardellen, in Salz eingelegt, die auf zu kleinen Dreiecken zerteilten Toastscheiben herrlich schmecken. Nur die Brösel sind ein Problem. Am ganzen Körper stechen die kleinen Teufel, kleine, spitze Strafen für den Genuss, im Liegen zu essen, den Kranken zu mimen und die Hilfe anderer in Anspruch zu nehmen. Nichts beizutragen, nichts abzutragen, abzuwaschen, aufzuräumen, einzukaufen. Altglas, Altpapier, Kompost. Mir bleibt nichts anderes übrig als zu kauen und zu schlucken. Und zu bröseln. Ich brösle in mein Bett, wo sich diese fiesen Biester in den Ritzen und Decken und Quasten verkriechen. Sie verfangen sich in meinen Bauchhaaren, drücken sich in meine Oberschenkel, landen im Nabel, kratzen auf den Brustwarzen, verstecken sich in den Armbeugen, werden in der Achselhöhle aufgeweicht, jucken auf dem Schlüsselbein. Nie mehr will ich Toast essen! Ich gelobe, aber auch das ist nur ein Schwur, den ich sofort brechen würde, sobald ich hier herauskäme. So wie ich mich von Franz weiterhin bekochen lassen würde. Ich kann zurzeit nicht sagen, was er eigentlich an mir hat.

Meine Finger zittern wie Augenlider. Es spricht für Franz, dass er es sieht und nicht kommentiert. Außer mit einem Schluck Rotwein. Eine Notlage ist keine, wenn dieser Mensch neben einem sitzt. Wortlos geht Franz schließlich hinaus und schließt die Badezimmertür ganz leise hinter sich.

In dieser mondlosen Nacht ist es vollkommen dunkel in meinem Badezimmer. Nur das Lämpchen am Ladegerät des Laptops verrät, dass ich nicht erblindet bin. Obwohl ich die Augen offenhalte, gibt es keine Umrisse, keine Graustufen, nur vollkommenes Schwarz. Zwinkern kann ich, aber es macht keinen Unterschied. Ich weiß nur, dass ich zwinkere, aber ich sehe es nicht. Tränen rinnen mir über die Wimpern und Wangen wie nutzloser Regen.

Ich erlebe eine Korallenbleiche am eigenen Körper, die Arme kalt und grau, ein fahriges Bündel aus Ein- und Ausatmen. Wie bei einem Riff würden nicht mehr alle Bereiche wieder lebendig werden. Manche Zonen sind abgestorben und bieten nur noch lauen Gefühlen Halt. Ich werde diese Randgebiete im Auge behalten müssen, damit sie sich nicht weiter ausbreiten. Ich werde achtsam sein müssen mit den Enttäuschungen, die auf mich warten, und geduldig mit meinem eigenen Versagen. Andere Pläne als Akzeptanz zu üben habe ich ohnehin keine mehr. Akzeptanz mit mir. Und die Umstände zwingen alle irgendwann, sich auf die Endlichkeit ihrer Zukunft einzulassen.

Vierzehnter Tag
Freitag

Ich will nach dieser Nacht der seufzenden Hölle nicht mehr mitsingen in den Chorälen der Achs, der Ahs und Ohs. Ich will fortan darauf achten, welche Worte ich mir sparen kann, weil sie nur leere Geräusche sind. Laute, die auf meinem warmen Atemhauch mitreiten, Trittbrettfahrer meines Odems. Ich will allen sorglosen Stimmungsrufen misstrauen und frage meinen Wortschatz nach weiteren solcher Parasiten ab.

Jedes Jahr wieder wird Jesus weltweit gekreuzigt. Sein bester Freund hat ihn verraten. Und mein bester Freund? Was, wenn Franz auch ein Heuchler ist?

Es ist höchste Zeit, aus der Wanne zu steigen, dem Wahn zu entkommen. Ich bin hungrig und durstig und will mich endlich wieder an der frischen Luft bewegen. Mein Hals ist eng, und ich schwitze, während ich friere. Ich sehe meine nackten Beine, die Knie von oben, den Bauch über den Hüften, sehe meine prallen Arme, kann aber meine Brust nur knapp und meinen Hals gar nicht sehen. Trotzdem, ich bin noch da. Ich schließe die Augen, um den Körperrest am anderen Ende des Halses nicht mehr sehen zu müssen.

Ich war dem Wahnsinn begegnet, einmal, irgendwann, gestern. Ich nehme mir vor, so bald wie möglich die Wanne zu verlassen. Nichts würde mir so schnell wieder peinlich sein. Ich will nicht mehr feige sein, will mich aufraffen und das Vehikel, das mir bleibt, dankbar in die Welt zurückschieben, um dort schweigsamer und gütiger zu sein, den anderen eine Hilfe statt einer Last. Ich vermisse die Täuschung, die wahnwitzige Aufmachung, des Kaisers alte Kleider, die Maskerade, das Kostüm, das Korsett, die Etikette und den Dresscode, die wortlose Äußerung zum eigenen Selbst, das Ausbuchstabieren des Inneren für alle lesbar. Ich will mich wieder anziehen und damit sagen: Für diesen und jenen halte ich mich, seht her, der bin ich, der will ich sein, so will ich erscheinen!

Ich nehme mir vor, Turnschuhe zu kaufen, um mich einzufühlen in einen weichen Gang, in leichtherzige Schritte. Ich will eine mutige Figur machen. Die Feigheit brennt mir zwischen den Zehen und Augenbrauen. Aber die Zeit ist bereits verschwendet, und nichts anderes, nichts Besseres kann ich tun, als sofort damit aufzuhören und aufzustehen, um das unbequeme Übergangszuhause meiner Teilnahmslosigkeit zu verlassen. Und obwohl ich hier raus muss, will ich noch *einmal* zurück in den Raum mit den getragenen Kleidern. Um nachzuschauen, was für Schuhe dort noch auf mich warten, und die Karnevalskostüme nochmal zu berühren, die ich getragen habe, als ich wirklich ein Cowboy war oder ein Krokodil, ein Räuberhauptmann, ein Seeräuber, eine Biene, eine Fee, ein Roboter, ein Stück Kreide. Ich stelle mir vor, wie ich als Pfau mit blauer Perücke die Lieder singe, an denen ich zuletzt gearbeitet habe. Wie anders die *Matthäus-Passion* klingt, wenn Herr Jesus Christ als Hot Dog verkleidet ist! Und ich stelle mir vor, wie die Ränge im Theater sich füllen, mit Tüll und Seide, Krawatten und Handtäschchen, mit Taschentüchern und Smartphones, und wie ich im falschen Kostüm auf die Bühne trete, und um mein Leben ringe, um mein Leben singe.

Ich höre dem Brummen der Heizung an, wie spät es ist. Ein Stampfen in der Wasserleitung verrät, dass ich nicht allein zu Hause bin. Das Vibrieren der Fensterscheibe zeigt an, dass jemand die Haustür schließt. Ein kehrendes Geräusch unter dem Fenster zeugt von Sorge.

Franz bringt eine Tasse Kamillentee, er sieht müde aus, mürbe, aufgerieben. Er riecht nach Alkohol. Eine Fahne aus saurer Luft bleibt im Raum stehen wie Nebel. Er trank früher nie allein. Ist es meine Schuld, wenn er sich nun die Kante gibt? Sich abschießt wie ein scheues Reh? Vielleicht störe ich ihn durch meine Abwesenheit derart, dass er sich nicht mehr an seine Prinzipien halten kann. Sich nicht mehr selbst schützen kann vor den langen Abenden allein. Er bewegt sich anders als sonst, fahrig, keine Spur von seiner eleganten Lässigkeit. Dabei hat er stolz verkündet, er sei am Ziel, aber das sehe ich ihm nicht an. Er sieht aus wie jemand, der vergessen hat, wie er heißt. Der seine Schuhgröße nicht mehr auswendig kennt, der sein Sternzeichen ausrechnen muss, jemand, der sich die Krawatte nicht mehr selbst zubinden kann. Und er hat üble Laune.

»Dass du immer denkst, dass jemand kommt, der dich rettet. Dein Versichertendenken ist eine Verhöhnung für alle, auch für mich. Da ist immer jemand, der mit Martinshorn anrückt, sich in Stellung bringt, sein eigenes Leben riskiert, um dich zu retten. Immer kommt jemand, um dich zu versorgen, auf irgendwen erhebst du immer Anspruch. Du bist der typische Bewohner einer Welt, in der Mangel bedeutet, dass das Lieblingsjoghurt im Kühlschrank fehlt. Ein Versicherter gegen das Leben, ein Patient ohne Krankheit. Deine Ängste sind Vollkaskoängste, Streichhölzer im Regenwald. Klappstühle im Amazonas. Deine Lage ist unangenehm, meine ist aussichtslos. Wann hört das auf? Nur du kannst das aufhören lassen. Die Bewegung muss von innen kommen, von dir. Ich ziehe dich nur nutzlos herum wie einen toten Elefanten.« Franz steht unvermittelt auf und geht.

It's Friday. I'm in love.

Kurz darauf kommt Franz zurück, er klopft nicht an. Ich solle mich zudecken, ich bekäme Besuch. Franz ordnet die Handtücher auf der Heizung zu herzeigbaren Hotelangeboten, er spült die Zahnpastareste aus dem Waschbecken, wischt die Armaturen trocken, kriecht unter den Toilettensitz, um gebrauchte Papierservietten aufzulesen, birgt die Tasse mit dem eingetrockneten Kaffeerest und kippt ein Fenster. Das Bücken macht ihm Mühe. Franz sieht mich nicht an. Wie die Mitglieder einer Königsfamilie sieht er mir auf die Augenbrauen anstatt in die Augen. Dann trägt er alle Reste der letzten Tage hinaus und lässt die Tür offenstehen.

Ich sehe mich um. Der Raum sieht jetzt wie ein Badezimmer aus, in dem der Badegast fehlt. Ein dünner Strich Sonnenlicht reicht bis in die Zimmerecke über mir.

Eine Uhr! Ich brauche eine Uhr, die mir sagt, was für eine Zeit ist. Mein Mobiltelefon ist leer. *Akku erschöpft* steht da. Auch der Laptop ist müde. Ich zähle leise bis hundert, bis hundertfünfzig. Bei zweihundertdrei höre ich unten die Türglocke. Dann eine helle Frauenstimme, Franz bittet sie herein. Ich bilde mir ein, zu hören, wie eine Jacke auf den Haken im Flur gehängt wird. Ich stelle mir die Füße der Besucherin vor, die in den Schuhen bleiben, wie bei Menschen vom Amt. Ich will diese Schuhe sehen, die auf den knarzenden Treppenstufen klackern, Absätze.

Halbhohe rote Pumps betreten mein Zimmer.

Darin steckt eine große Frau Anfang vierzig, in einem pfirsichfarbenen Kleid, darauf eine rosafarbene Seidenschärpe. Goldene Ohrringe unter rotem Haar, ein Lächeln wie eine Kampfansage. Ihre schwarze Aktentasche stellt sie ins Waschbecken, dann setzt sie sich auf den Hocker, den sie mitgebracht hat. Den aus dem Salon, auf dem die Pflanze mit den großen breiten Blättern sonst steht. Sie sieht zur offenen Tür, in der

Franz steht, den sie mit einem Nicken bittet, sie zu schließen.

Ich nicke auch. Nicken erscheint mir am unverfänglichsten. Ein Nicken ist Zustimmung oder Zurkenntnisnahme, hier eher Zweiteres. Ich nehme zur Kenntnis, dass da nun eine Frau mein Abteil teilt. Wie im Zug, eine zufällige Bekanntschaft, die nicht vertieft werden muss, solange alle schweigen. Zusammensitzen auf dem Weg irgendwohin, auf ein Ziel zu, das dem oder der Fremden verborgen bleibt, bis jemand als Erstes aufsteht. Ich sitze regungslos in der Wanne, bis unters Kinn zugedeckt, nur der Kopf verrät meinen Körper. Aus dem Fenster sehe ich nicht, ich zähle die Ösen des Duschvorhangs über mir leise im Kopf und halte meinen Brustkorb unter den Decken mit überkreuzten Armen fest. Meine linke Schulter wird schwer.

Die Frau sieht mich von der Seite an und schweigt.

Draußen höre ich Franz die Treppe wieder heraufkommen, es klopft, ein Tablett mit einem Espresso erscheint. Es gelingt der besuchenden Dame, sich hell lachend zwei Löffel Zucker aus Mutters Zuckerdose in die Tasse zu schaufeln und die Tasse, ohne zu zittern, an sich zu nehmen, während sich die Tür schließt. Ich versuche, mir nicht vorzustellen, dass es *mein* Espresso ist, an dem sie da nippt. Nicht daran zu denken, dass sie meinen Kaffee versüßt hat, zu verdrängen, dass sie mir mein Getränk gestohlen hat. Das Gute an Espresso ist, dass er kurz ist, und nachdem sie schweigend das Tässchen geleert hat, stellt sie es neben sich auf den Boden, wo es hinter dem Vorhang ihres Kleidersaums verschwindet. Die Aktentasche im Waschbecken kippt auf den Wasserhahn. Ein Tropfen löst sich.

Nun sieht sie mir direkt in die Augen anstatt auf meinen Haaransatz und lächelt überrascht. Sie sieht aus wie eine Mutter, die am Bett den Schlaf ihres fiebrigen Kindes bewacht. Und sagt nichts.

Ich sehe auf ihr Kinn. Dabei fallen mir die feinen Streifen auf ihrem rosa Schal auf, die ich auf ihre Dicke zu schätzen versuche. Eineinhalb Millimeter? Zwei?

»Herr Saum.« Das ist mein Name.

»Ich bin Ärztin vom Psychologischen Notdienst. Ihr Nachbar hat mich über Ihren Hausarzt kontaktiert. Ich bin hier, um mir ein Bild zu machen von Ihrer Lage und eine Behandlung vorzuschlagen. Kennen Sie sich aus mit Chemie? Überall in der Welt finden ständig chemische Prozesse statt, da draußen vor dem Fenster, im Erdboden, in unseren Körpern. Im Gehirn. Ihr Gehirn könnte unter einem Ungleichgewicht bestimmter Botenstoffe leiden, dessen Botschaften falsch entschlüsselt werden. Ich brauche Ihre Zustimmung, um medikamentös einzugreifen. Das muss mit Einverständnis des Patienten geschehen und setzt Ihre Kooperation voraus.«

Die Frau erhebt sich mit einer schnellen Bewegung, im Zuge derer sie sich zum Waschbecken wendet und ein Formular aus ihrer Tasche angelt. Der Kugelschreiber ist aus orangem Plastik und schreibt mit blauer Tinte meinen Namen, neben Ort und Datum. Für mein

Einverständnis muss ich den Arm aus den Decken befreien, meine Haut berührt die kalte Emaille. Wie hätte ich mich wehren können gegen diese Art der Sorge, wenn es die einfachste Art war, diese Person möglichst schnell wieder loszuwerden? Kein Wort habe ich gesprochen, meine Stimme ist wohl Nebensache. Die Ärztin hat den Opernstar besucht und keinen Ton von ihm vernommen.

Sobald sie hinausgegangen ist, höre ich ihre Absätze auf der Treppe. Durch den Türspalt dringt der Geruch von Kraut. Ob sie zum Essen bleibt? Ob Franz ihr eine Quiche vorsetzt? Ihr etwas auf dem Klavier vorspielt?

Bei vierhundertzehn kommt Franz herein, immer noch verkatert, aber mit einem siegessicheren Zug um den Mund. Er sieht mich beinahe entschuldigend an, stellt das Tablett mit einem Teller voller Sauerkraut, Leberkäse, einer Tube Senf und einem Glas Milch auf den WC-Deckel und geht wortlos hinaus.

Ab sofort könnten meine Speisen Stoffe enthalten, die mich chemisch reinigen. Wie ein schlaffes Herrenhemd würde ich an den Rändern gestärkt werden, gerettet für eine Zivilisation der Notfallpsychiater und Pauschalurlaubspläne. Mein Versteck ist aufgeflogen, Judas hat mich verraten. Ich darf nicht bleiben, wo ich bin, nicht sein, wer und wie ich war. Ich störe die Ordnung, und das darf nicht sein. Dabei müsste man der ganzen Bevölkerung ein Mittel gegen Tatenlosigkeit und Verdrängung verschreiben.

Und während diese Psychiaterin ihre Zeit an meinem künstlichen Ufer verschwendet hat, ist in der Stadt ein halluzinierender Teenager im Rausch auf seine Mutter losgegangen, wurde irgendwo ein Familienvater gewalttätig, und hat ein Witwer versucht, sich in der Garage das Leben zu nehmen.

Ich versuche an Menschen zu denken, die ich nicht kenne. An Menschen in kleinen Häuschen mit fensterlosen WCs, ihre Haarsträhnen, ihre Eheringe und Glasaugen, die kleinen Risse an den Schuhsohlen, die lieblosen Affären, ihren Glauben an die Solidarität, wenn sie ihnen selbst nützt.

Fünfzehnter Tag
Samstag

Als ich nachts erwache, singen die Vögel schon. Schön wäre es, gleichgültig zu sein gegenüber dem Geräusch der Kleintiere im Stockwerk über mir. Sie springen im Gebälk herum, ich kann sie hören, aber nicht sehen, so wie die Vögel im Garten. Der Mond wirft ein Spotlight auf den WC-Deckel. Ich steige aus der Wanne und setze mich ins kalte Licht der Nacht, bis ich friere.

Auch nach Sonnenaufgang ist es kalt, die Kissen feucht, die Decken liegen wie schlappe Raupen herum und wärmen nur sich selbst. Jemand ruft im nahen Wald einen Hund vielleicht oder ein Kind. Später, wenn alle da sind, versammelt um den Tisch, wird dann gemeinsam herumgeschrien. Servietten fliegen und böse Worte. Kein Trost wird übrig sein für das Tier unter dem Tisch. Kleine Wunden werden aufplatzen wie dünne Nähte. Keinen neuen Vorhang wird es geben, wenn dieser in Flammen aufgeht. Keine Medizin wird helfen, wenn die eigene Welt untergegangen ist. Wo niemand die Grenzen des anderen achtet, gibt es bald niemanden mehr, um den sich zu trauern lohnt. Ein kleiner Auslöser war es nur. Ausgelöst werden wäre schön.

Mit schlafverklebten Augen lasse ich das Licht hineinfallen in meinen Kopf. In der Brust sitzt ein Ziehen. Ich erkenne das Gefühl, wie von weit weg, so lange ist es her. Das Gefühl von Abschied, wenn man einen geliebten Ort verlässt, wenn man weiß, ihn nicht mehr, so bald nicht mehr zu sehen. Ein Städtchen in Polen zum Beispiel, in dem man weitgehend glücklich gewesen ist. Ein leeres Kühlschrankfach, das bald jemand anderem gehören wird. Das Gefühl, etwas zu verlieren, ein halbhohes Möbelstück, das früher im Weg stand, und den freiwerdenden Raum zu bemerken. Dieses Gefühl wartet auf mich, als ich gerade aufstehen will.

Da kommt eine SMS von Iris. Also bleibe ich liegen.

Die Feuerwehrkapelle übt in der kleinen leerstehenden Kirche hinter dem Bauernhof. Sie klingt nach Anerkennung, Respekt, Vertrauen. Die Kapelle spielt Marschmusik, obwohl hier Frieden herrscht. Für meine eigene Verschontheit kann ich ja nichts. Ich kann nichts dafür, in Frieden zu leben. Ich kann nichts dafür, dass die Leute auf den Dachterrassen der Neubauten in Hörweite beschlossen haben, doch noch Musikboxen anzuschließen, als seien die anderen Menschen in der Gegend verschwunden oder taub, nur weil sie sie nicht kennen. Ich kann nichts dafür, dass die Busse pünktlich fahren, auch nachts, und dass es selbst *höfliche* Taxifahrer gibt. Ich kann nichts dafür, einen treuen Freund zu haben, der sich für mich entschieden hat. Ich kann nichts dafür, dass Schulbuben samstags auf Fußballfeldern einem Ball nachlaufen und von ihren Vätern oder Stiefvätern namentlich angefeuert werden. Dabei feuern wir nur jemanden an, um selbst kurz leidenschaftlich zu sein, wenigstens für eine Stunde, wenigstens einmal die Woche, samstags. Ich kann nichts dafür, dass alle Spiele einen Anfang und ein Ende haben und uns etwas lehren sollen über die Endlichkeit unserer Zeit.

Niemand weiß, wie viel Sand von oben schon nach unten gerieselt ist. Keiner weiß, jetzt ist Halbzeit, es geht noch einmal so lange weiter. Eine Halbzeit erinnert uns daran, dass es ein Spiel ist. Die Pause ist eine Geste der innerlichen Wappnung. So selbstvergessen wir auch jubeln, weinen oder bangen, die Halbzeit sagt: *Halb so wild, bald vorbei! Gleich geht's weiter, morgen ist ein neues Spiel.*

Es kommt nur auf das Getane an. Vernünftigerweise teilt man sich alle Arbeit auf viele Jahre auf. Nur die Ungeduldigsten wollen alles auf einmal und fallen Nacht für Nacht unerfüllt ins Bett, weil das, was sie sich vorgenommen haben, nicht zu schaffen ist. Von niemandem, zu keiner Zeit. Dazu kommen die täglichen Unterbrechungen. Alle müssen essen und wieder ausscheiden, was sie in sich hineingeschoben haben, unentwegt hinein und hinaus. Keiner weiß, wie viel Zeit noch bleibt, und das macht alle ganz nervös. Unsicher, wann einen der Schlag trifft. Unsicher, ob sich ein gemäßigter Lebensstil noch lohnt. Unsicher, mit wem man die letzten Tage und Wochen verbringen soll, wenn man nicht weiß, dass es die letzten sind. Unsicher, ab wann wir genug gewollt und getan haben. Ungenau befriedigt fallen wir alle mitten im Satz in den Sarg. Staunend, die

Fingerknöchel weiß vom Festhalten am Leben. Selbst die, die angeblich friedlich einschlafen, sind überrascht, nicht mehr aufzuwachen.

Verlässliche Daten fehlen. Langsame Vorgänge wie die Witterung und das Aufwachsen kleiner Kinder sind schwer mitanzusehen. Alles geht schnell und zu schnell vorbei, als dass man alles verfolgen könnte. Da stirbt eine Liebe, da stürzt eine Frau, da heult ein Hund, da klemmt ein Schloss, Blut fließt. Jemand fürchtet sich im Dunkeln, weil die Umrisse fehlen. Jemand liebt die Nacht, weil es nichts zu sehen gibt. Leise Geräusche klingen lieb, weil man still sein muss, um sie zu hören. Ein knisterndes Feuer, der Atem eines schlafenden Säuglings, das schmelzende Eis, ein futterndes Kaninchen, eine Kolonie Ameisen. Der Verfall menschlicher Kräfte verläuft nicht gleichmäßig, es ist kein Sonnenuntergang.

Schnelle Bewegungen, die langsam wirken: ein Sonnenaufgang, Lawinen, rennende Elefanten, Orgelläufe in großen Kirchen, die Autos anderer auf der Autobahn, wenn man selbst fährt, Fallschirmspringer, es sei denn, man springt selbst.

Ich versuche, mir über etwas sicher zu werden: Das eigene Ohr ist ein Loch im Kopf, und drinnen geht es nicht weiter. Was ich gelernt habe, kommt aus einer anderen Zeit. Ohne die langwierige Kindheit würden wir einfältige Ganoven werden. Keine andere Gewohnheit ist radikaler als der schlechte Geschmack. Allerhand Neues wäre zu erleben, wenn die Dualität zum Teufel führe. Alleinsein ist die Regel.

Ich versuche, mir neue Regeln zu merken:
1. Möglich ist der Aufstand nur im Kleinen.
2. Verzicht ist eiskaltes Geschäft.
3. Alles hat Renommee.

Sinn ist bestenfalls lokal, sagt Franz immer. Ich widerspreche nie, und niemanden stört es. Außer mich.

Seine Umarmung vor zehn Tagen war die letzte seit langem. Vorgestern die Berührung am Ohr, am Arm mit der Pomade. Franz' Nähe wurde seither immer mehr zum Sie. Selbst sein Händedruck wäre mittlerweile eine intime Berührung. Und wo bleibt er? Ich warte sehr konzentriert und lausche auf Geräusche im Haus.

Das Knarren der Treppenstufen kündigt Franz und mein Frühstück an. Aber es gibt nur Espresso, nichts zu essen. Dafür nimmt er auf dem WC-Deckel Platz und sieht mich unverwandt an, bevor er loslegt.

Meine Muskeln an den Oberschenkeln würden sich verkürzen, meine Kniegelenke würden zitternd einknicken. Meine Schultern würden starr, meine Brust würde einfallen und keinen Ton mehr hervorbringen. Mein Rumpf würde verkümmern, die dünnen Ärmchen hilflos baumelnd Gesten vollführen, die niemand mehr würde deuten können. Meine Stimmbänder würden in meinem Hals vertrocknen, und meine Lippen würden sich nicht mehr öffnen, für niemanden. Wenn sich ein Tier absichtlich von der Gruppe absondere, dann zum Sterben. Nur wenige Raubtiere seien ihr Leben lang

Einzelgänger, und damit habe ihnen die Evolution keinen Gefallen getan. Wenn er morgen für ein Konzert nach Wien fahre, käme ich entweder mit oder rechtzeitig aus der Badewanne, um nicht zu verhungern.

Schon früh am Tag kann Franz wütend werden wie der betrunkene Generaldirektor eines Familienbetriebs in vierter Generation knapp vor dem Konkurs. Und er kann schon um acht Uhr morgens fluchen wie kein anderer. Er kann scharf sein, wie eine Klinge oder zerhackte Zwiebeln, gleichzeitig hat er Manieren wie aus dem vorletzten Jahrhundert, sodass er sogar zornig liebenswert erscheint.

Ich verspreche halbherzig, bald aus der Wanne zu steigen.

»Entschuldigung, es ist mir egal.«

Es ist, *wie* er es sagt. Für wen hält er sich eigentlich? Wie er da auf dem Klodeckel sitzt. Ohne etwas von meiner Bewunderung, meiner Treue, meiner Hingabe zu ahnen.

»Du wirst alt.«
»Du auch.«
»Aber du schneller als ich.«
»Es hat sich herausgestellt, dass alle einmal recht haben.«
»Das haben Sie schön gesagt.«

Da steht Franz auf und geht. Er schließt die Tür ganz leise. Er hat sie noch nie laut zugeschlagen.

Ich werde Sie jetzt nur noch siezen. Sie werden immer noch mein bester Freund sein, das sind Sie kein bisschen weniger, wenn ich Sie sieze. Ich sieze Sie jetzt, damit Sie wissen, wie sehr ich Sie achte. Weil ich Ihnen recht geben will, weil Ihre Kritik an mir gerecht ist. Sie werden immer noch mein bester Freund sein, wenn Sie mir siezend das Frühstück servieren. Ich werde Sie siezend anlächeln. Ihnen siezend danken. Ich werde es akzeptieren, wenn wir einander etwas distanzierter, sprachlich höflicher begegnen. Ich werde mich siezend dafür bedanken, dass Sie Staub und Haare entfernen, die Handtücher wechseln. Sie können mich freundlich siezend ermahnen, ein Ende anzustreben und aus dieser Wanne herauszukommen. Sie werden mir höflich auszureden versuchen, in dieser Wanne zu bleiben. Sie werden mit Ihrer freundlichen Nüchternheit, Sie werden mit Ihrer geduldigen Art auf mich einreden. Mir scheint, wir könnten einander siezend noch gut ein paar Jahre gemeinsam leben, mit Stil, im richtigen Abstand zueinander. Ja, so könnten wir es aushalten. Noch ein Weilchen, auch noch nach der Zeit in der Badewanne, auch außerhalb des Badezimmers. Ja, Sie sind mir wichtig. Ja, Sie sind der Mensch meiner Wahl. Ja, Sie sind es. Ja, Sie und ich. Wir beide mit großem S.

Ich habe Durst und trinke direkt vom Wasserhahn am Waschbecken, an dessen Tropfen ich mich fast gewöhnt habe. Do Re Mi Fa So, so klingt das Alphabet des Sängers. Der Sänger bin ich. Ich will nicht mehr singen, was andere mir in den Mund legen. Ich will mit meiner Stimme die alten Geschichten nicht mehr neu zum Klingen bringen. Kein Don Giovanni soll fortan durch meine Kehle brüllen, rücksichtslos und blind vor Liebe, nie mehr will ich die Lieder der alten Männer singen, die sich bedienen an den anderen, als gehörten sie ihnen, als wären sie zu ihrem Vergnügen da. Es gibt schon genug Lieder über die Lust, über Untreue und Reue. Ich will das Lied der Freundschaft singen, das leise Lied der Fürsorge und Freiheit. Das Lied der freiwilligen Liebe. Ein *Opus der Freundschaft*, ein tosender Schwall aus Vertrautheit. Ein mehrtägiges, zweiwöchiges, lebenslanges Werk aus Freiwilligkeit. Franz soll es komponieren. Mit ihm will ich es üben. Wir sollen es verkörpern.

Es soll leise beginnen. Do wie dort. Do wie Donner. Re wie Regen, wie Regal. Mi wie Mittwoch und alle Tage davor und danach. Fa wie fast, Fallen und Gefallen. So wie: So soll es sein. Dazwischen kann es anderes geben, andere Menschen, deren Probleme und Bedürfnisse und ein gemeinsames Haus, eine Küche, zwei Betten. Pro Be Ha Kü Be. Zur Probe leben. Mit stummer Vorsicht satt genug. Um ein paar Noten zu probieren, dem Klang nachzugehen. Wer will das hören? Ein großes Publikum dort in der Oper zur Premiere.

Ein Gleichgewicht soll es sein im Klang. Kein Ende soll es haben, nur einen Anfang, weit weg. Ich werde Franz fragen, ihn bitten, es zu träumen, es mir vorzuschlagen, als sei es seine eigene Idee. Er würde morgen kommen, mit Tee und Papier, für das Libretto der Ode an die Freundschaft. Franz würde auf dem Wannenrand balancieren und jauchzen wegen der gemeinsam gelingenden Arbeit. Ich säße in den Kissen der kühlen Wanne und wärmte mich am Ofen unserer Freundschaft.

Ich verstecke mich nicht. Ich arbeite in diesem gefliesten Exil. Schau an, ich war gar nicht faul. Ich habe gar keine Angst. Ich bin die Rettung für uns. Wir sind sie uns selbst. Ein gut getarnter Chor enttarnt sich. Do Re Mi Fa So muss es sein. Wir werden die Neuen sein, die niemand sieht, aber hören kann.

Do let our voices
Resonate most purely
Miracles telling
Far greater than many
So let our tongues be
Lavish in your praise

Letzter Tag
Sonntag

Obwohl ich sicher war, gar nicht zu schlafen, wache ich auf. Es ist ein Aufwachen wie nach einer kurzen heftigen Krankheit, wie wenn der Kopf plötzlich nicht mehr schmerzt, weil man ihn gar nicht mehr spürt. Noch bevor man es selbst bemerkt, ist alles anders. Neben den Kopfschmerzen ist auch das Zeitgefühl weg. Anders jedenfalls, kurz. Es ist schon hell, also Tag, aber ich habe kein Gefühl für die Uhrzeit, und der Sonnenstand verrät sie nicht. Der Tag schleicht in Zeitlupe in mein Zimmer. Meine Kleider im Kopf hängen nicht mehr auf den Karussellen. Sie liegen als großer Wäscheberg auf einem mannshohen Haufen, der zu atmen scheint.

Der Heizkörper macht ein Geräusch wie ein einsilbiger Bach, heiterer als ich und so unentwegt. Der Wasserhahn tropft munter weiter, ich trinke, soviel ich kann.
    Ist es Zeit, herauszukommen aus dem Badezimmer? Wie eine gute Idee aus dem Dunkel einer Höhle, wie eine Blüte, die lange aus der Knollenzwiebel herausstängeln musste, wie eine Jahreszeit, deren Beginn wir erwarten, bis wir, nach schwankenden Tagen, sicher sind, dass er da ist, der Frühling? Oder der Herbst? Der Winter? Mir fällt die Jahreszeit wieder ein. Mir fällt Franz wieder ein. Ich denke *Frühstücksbuffet*. Wo ist Franz?

Sollte ich ihn in der Stadt ausführen? Sollten wir dort gemeinsam zu Abend essen und dann in einer Bar darauf anstoßen, dass wir beide wieder gemeinsam das Haus verlassen haben? In einer Pension mit Blick auf einen See übernachten? Sollte ich mich bedanken für seine Treue oder mich entschuldigen für mein Betragen? Oder sollte ich kein Wort dazu sagen, weil es unser stilles Einverständnis brechen könnte wie ein Riss im Eis unter scharfen Schlittschuhkufen. Bald würde ich erfahren, wie es ist, mit dem Menschen weiterzuleben, der sich entschieden hat, bei mir zu bleiben, trotz allem. Zusammen für die Dauer einer Freundschaft fürs Leben.

Ich will nach einem *letzten* Vollbad alles wieder so machen, wie es sich gehört. Die Wanne sich selbst überlassen, sie trocknen lassen, anstatt sie mit einem Handtuch abzureiben, um die Decken und Kissen wieder hineinlegen zu können. Ich will aussteigen, mich sorgfältig frottieren, die Wanne schon vergessen haben, wenn ich mir in die Zwischenräume zwischen den Zehen fahre. Wie nebenbei den Rücken, das Gesäß, die Brust, den Bauch abtrocknen und die Ohren, das Gesicht, in Gedanken an den nächsten Schritt, die Kleider.

Ich freue mich auf die Strümpfe, auf den Stoff, der sich um meine Fersen spannt, und auf das Gefühl des Kragens um meinen Hals. Ich freue mich auf die weichen Bündchen um meine Handgelenke, die Falten in den Kniekehlen beim Sitzen, und wie mich der Stoff auf den Beinen beim Gehen streichelt. Ich weiß, dass

Franz meine Schuhe geputzt und poliert und die Jacketts rechtzeitig von der Reinigung geholt haben wird. Ich werde meine Hemden in meinem Kleiderschrank sorgfältig aufgehängt vorfinden und ein paar neue Unterhosen im Fach liegen sehen, ungetragen, aber gewaschen und tadellos gefaltet.

Ich werde mein Badezimmer nur noch zum Zähneputzen betreten und ab sofort das Gäste-WC im Erdgeschoss benutzen, werde ab heute nur noch kurz duschen und nur ein kleines weißes Handtuch verwenden. Ich werde vorerst keine Vollbäder mehr nehmen. Bevor ich nicht sicher weiß, dass ich nicht rückfällig werde. Links und rechts der Haustür werden lachende Menschen stehen und mir Blüten zuwerfen, die blass geworden sind, weil ich so lange auf mich warten ließ. Ich werde zur Post gehen, mir dort eine Wartenummer ziehen und mich einreihen in die Schlange der anderen Kunden. Ich werde Briefmarken kaufen und die Briefe verschicken, die ich an meine Freunde geschrieben habe, während ich eingeschlossen war. Ich werde auch eine Postkarte an Franz senden, mit nur wenigen Worten darauf. Vielleicht auch nur: *Danke*.

Aber zuallererst muss ich etwas essen. Franz kommt nicht. Ich rufe. Ich rufe ihn an. Keine Antwort. Vielleicht ist er einkaufen, will zur Feier des Tages den passenden Wein besorgen? Riesling? Immerhin steht unser Haus auf dem Land. Man braucht ein Auto oder wie ich einen Roller, um ins Dorf zu kommen. Zu Fuß wäre es weit.

Was, wenn es nicht meine guten Vorsätze sind? Wenn ich nur wegen eines profanen Grundbedürfnisses aus der Wanne steige? Ich bin ein hungriges Tier. Und enttäuscht, dass ich kein Held geworden bin. Und dass Franz das Telefon nicht abnimmt. Ich muss pinkeln. Also aufstehen.

Das Telefon muss mit. Und der Turban! Ich wühle im klammen Stoffhaufen in der Badewanne nach dem roten Seidentuch, das ich vor zwei Wochen schon einmal getragen habe, und binde es mir fest um den Kopf.

Ich öffne das Fenster, um die Temperatur draußen zu prüfen, wickle mir ein Badetuch um die Hüften und drehe mich zur Tür. Vielleicht hat mich Franz nachts heimlich eingeschlossen? Weil er sich an mir rächen, mich im Badezimmer verhungern lassen will? Passt mein Körper durch die kleinen Fenster? Soll ich die Feuerwehr rufen, um mich mit einer Leiter befreien zu lassen? Ich greife nach der Türklinke, sie lässt sich leicht hinunterdrücken. Die Tür öffnet sich, als wäre nichts geschehen.

Ich trete auf den Flur, zum ersten Mal seit zwei Wochen, gehe ins Schlafzimmer, wo immer noch der Kleiderschrank steht. Gute Pläne, so oft sie auch gedacht werden, müssen immer erst ausgeführt werden, bevor sie wahr werden. Ich bemerke, dass der Abschiedsschmerz verglüht ist wie ein zu kurzes Streichholz. Mir ist feierlich zumute.

Ich nehme mir vor, mich in die Arbeit und in die dazu passende Schale zu werfen. Ein schlichtes dunkles Jackett, eine graue Gabardine-Hose, ein frisches Hemd? Oder doch der Blaumann? Das frisch aus der Verpackung geschälte Kniestrumpfpärchen gönne ich mir sonst nur an meinem Geburtstag.

Mir ist etwas schwindlig. Der Espresso gestern war das Letzte gewesen, was Franz mir serviert hat.

Ich steige nur in Strümpfen und mit Turban bekleidet die Treppen hinunter. Unten erwartet mich der optische Fliesentrick, aber die hellen Teile des Musters sind gar nicht beige, sondern minzgrün. Selten ist das Echte schöner als die Erinnerung.

Ich schleiche über den Flur, scheu rufend, wo hat Franz sich versteckt? Kommt er etwa mit Kochmütze und Schürze hinter dem Kühlschrank hervor, *Tadaaa*, um mir Bratwurst und Sauerkraut zu servieren? Nein, von meinem Freund keine Spur.

Von meiner Küche darf ich nichts Essbares erhoffen. Es gibt dort außer Kaffee nichts, nicht einmal eine Tüte Chips oder Erdnüsse. Aber bei Franz ist der Kühlschrank immer voll. Ich freue mich auf ein Blaubeerjoghurt, ein Stück Salami, Reste vom Vortag, aber im Kühlschrank gähnt mich Leere an. Die Hängeschränke, in denen sonst Reis, Teigwaren, Grieß und Mehl gelagert werden, sind ebenfalls leer. In den Schubladen, wo Knäckebrot, Polenta und Öl wohnen: nichts. Nirgends in Franz' Küche liegt irgendetwas Essbares herum, keine Banane, kein Apfel, keine Schokolade. Weit und breit kein Suppenwürfel oder Müsliriegel. Sonst ist alles so wie immer. Auf einer Stuhllehne liegt Franz' grüner Wollpullover. Auf dem Esstisch steht ein großer Strauß weißer Lilien und verbreitet leichensüßen Duft. Daneben ein Stapel Briefe, die wie Rechnungen aussehen. Aber nirgends etwas, was ich mir in den Mund schieben könnte.

Der Keller!

Mutter war nicht gerade eine Prepperin, aber auch sie lagerte Kompott und Konservendosen irgendwo dort unten. Die reich Beschenkten wollen schließlich vorbereitet sein. Sie wollen mehr, als sie brauchen, und wissen nicht, wohin damit. Sie haben Angst, etwas zu verlieren oder, noch schlimmer, teilen zu müssen. Sie zählen ständig nach, ob noch alles da ist, das Ungebrauchte, Unbenutzte, Vorrätige. Und sind dabei nicht einmal ordentlich. Der Überfluss zwingt sie zum Chaos.

Im Keller stapeln sich Schachteln. Kein Haus wäre jemals groß genug, das alles zu fassen. Mutters Keller gleicht einer Folterkammer: nicht benutzte Elektrogeräte, Trimm-dich-Räder, die bisher nur von guten Vorsätzen in Anspruch genommen wurden, Dampfkochtöpfe und zwei unvollständige Fondue-Sets, Kleintieraufbewahrung, ein leeres Aquarium, mehrere Rollen Kunstrasen, kleine Bälle und große, eine verstaubte Golfausrüstung, ein Kinderfahrrad, dessen Reifen nicht einmal platt sind.

Im Nebenraum überwintern Pflanzen, seit Jahren vertrocknet, aber mit Palmdecken fest umwickelt. Amorphe Figuren mit Terrakottafüßen, eine faltbare Tischtennisplatte, aufblasbares Poolmobiliar, ein Sandkasten ohne Sand. Unter der Decke hängt ein Kanu, Paddel und Schwimmflossen klemmen hinter den Stromleitungen unter der Decke, ein Köcher schwebt über meinem Kopf. Noch andere Räume gibt es, zugestellt mit Möbeln für die jeweils andere Saison, Abdeckungen gegen Frost oder Sonne, Kissen mit Bommeln oder Streifen, Liegestühle mit gebrochenen Rippen und antike Sesselchen, die nicht zur Wohnzimmertapete passen mochten. Ein kleiner Teppich liegt vor dem Kugelgrill, ein faltbares Gästebett unter Bettzeug für die kalte Jahreszeit, dazu die Picknickdecken, das Winterplaid und ein großer Stapel weinroter Gartenstühlchen, buntgemusterte Tücher mit wasserfester Unterseite für kühle Sommerabende, ein Satz Sitzfelle und ein Dutzend runde Filzuntersetzer. Mehrere Kunststoffstühle und eine Blumenvase warten auf Inhalt. Der Keller ist niedrig und kühl. Hier unten ist alles den Blicken entzogen, stapelweise unerfüllte Träume, unschön versteckt.

Wir hätten auch hier entrümpeln sollen, nicht nur die Kleiderschränke der Mutter. Mir wird übel. Ich suche vergeblich nach Kompottgläsern, nach Kidneybohnen, öffne den brummenden Eisschrank: leer. Kein Brot, keine Pommes, keine Bolognese oder Chili con Carne aus dem vorigen Jahrhundert. Keine eingelegten Mirabellen, nirgends Wein. Und heute ist Sonntag.

An der Garderobe neben der Kellertreppe hängt Amadeus, mein Blaumann. Ich nehme ihn vom Haken und ziehe ihn an. Steige in die schwarzen Gummistiefel und gehe über den gekästelten Boden im Flur zur Haustür. Stecke Geldbörse und Telefon in eine der vielen Hosentaschen, trete ins Freie und lasse die Tür hinter mir ins Schloss fallen. Gehe mit Turban und im Blaumann auf den Feldweg vor unserem Haus zu.

Draußen kommt mir ein Traktor entgegen, der Bauer in der Fahrerkanzel winkt wie ein Feldherr und mustert mich von oben herab voll Anerkennung. Konstantin, sein Vorname fällt mir wieder ein, bringt sein Fahrzeug neben mir zum Stehen. Er greift in den Fußraum des Traktors und reicht mir lächelnd eine ausgebeulte Papiertüte. Frische Äpfel, erste Ernte. Ich danke mit einem herzlichen *Grüß Gott* und biege auf die Landstraße ein.

So sieht das Land aus. Die Ferne kommt näher, und die Arbeit wartet nicht. Auf der Landstraße laufe ich brav auf dem Bankett dem Gegenverkehr entgegen. Ich spüre den groben Stoff des Blaumanns zwischen meinen Oberschenkeln. Ich hätte unter Amadeus doch eine Unterhose anziehen sollen.

Wie ein Handwerker in seiner Frühstückspause esse ich zwei Äpfel mitsamt Kerngehäuse, nur die Stiele spicke ich ins kurze Gras neben der Fahrbahn. Am Horizont liegen die Hügel der Voralpen, davor die ersten Hochhäuser der Stadt.

Ich laufe lange, die paar Kilometer sind zu Fuß eine ziemliche Strecke, und meine Füße schwitzen auf den Felleinlagen in den Gummistiefeln. Mir ist heiß. Ich mache leise Gesangsübungen, die Schritte sind mein Metronom. Ich messe die Töne an den Pflanzen am Straßenrand. Do Ginster. Re Heidekraut. Mi Mistel. Fa Sauerampfer. So Hundsrose. La. La. La. Ti. Do.

Ich wäre gerne der Einzige auf dem Weg in die Stadt, aber ich werde ständig von Autos überholt. Auch von vorne kommen sie, und ich sehe den Autos von Weitem an, wer drinsitzt. Fahrzeuge sind eben auch nur Kleider, die ausdrücken sollen, wer ihre Insassen sind. Im roten Polo sitzen zwei junge Männer mit Schnauz, zwischen ihnen baumelt ein Duftbaum. Im Familienkombi ein Familienvater auf dem Dach der Dachträger. Zwei weiße Transportautos schießen mir entgegen, Firmenlogos auf den Kühlerhauben. Eine junge Frau mit rosafarbenen Haaren kommt auf einem lila Fahrrad auf mich zu und lächelt mich an. Vielleicht wegen des Turbans? Eine schwarze Limousine fährt fast geräuschlos an mir vorbei, und ich erschrecke, ein wenig. Ein weißer VW-Bus zieht im Vorüberfahren einen Fetzen Musik hinter sich her, der Bass ist noch lange zu hören, der Horizont wippt im Takt meiner Schritte, ich gehe die Tonleiter auf und ab.

Hinter einer Kurve sehe ich ein kleines Hindernis vor mir, ein Fahrrad mit Mensch. Als ich näherkomme, erkenne ich einen Jugendlichen, vierzehn vielleicht, der sich an einem Fahrrad, das kopfüber steht, zu schaffen macht. Ich nähere mich und grüße aufmunternd, ob ich helfen könne. Der verschwitzte Junge sieht aufgelöst zu mir auf, und ich biete ihm an, mir die Sache anzusehen. Es ist die Kette. Ich gehe im Blaumann in die Knie, um mir die Finger schmutzig zu machen. Die korallenroten Fingernägel müssen dem Jungen aufgefallen sein, aber da ist es schon passiert und die Kette liegt wieder auf dem Kettenblatt. Meine ölverschmierten Hände sehen hilfsbereit aus, und ich wische sie mir halbherzig an den Hosenbeinen ab, stelle das Fahrrad wieder vom Sattel auf die Reifen und halte dem Buben die Lenkstange hin. Er dankt höflich, steigt auf, und ich winke ihm erleichtert hinterher. Wie ein Kapitän, der an Land bleibt und seinem auslaufenden Schiff nachsieht, bis es hinter dem Kai verschwunden ist.

Als ich meinen Weg fortsetze, sehe ich, dass im Landgasthof *Zum Schwarzen Adler* Licht brennt. *Geschlossene Gesellschaft* steht auf der Kreidetafel am Eingang. Die knallrosa Bluse der neunzigjährigen Urgroßmutter strahlt unter der künstlichen Deckenbeleuchtung durchs Fenster bis zu mir heraus. Die Jubilarin hat zu wenig Luft, die vielen Kerzen alle auf einmal auszublasen, bevor sie auf der Torte zusammenschmelzen. Ihre Urenkel helfen ihr und pusten, dass die Funken in der Mitte zusammenstieben und die Schlagsahne darin verglüht. Lachend wischt sich die Alte die Zuckertropfen von der Bluse, als die Torte angeschnitten wird. Ich betrete die Gaststätte. Die fünfzigköpfige Familie sieht mich eintreten, die Festgeräusche verstummen, und ich beginne zu singen.

Ein kleiner Junge sitzt mit offenem Mund neben der Jubilarin, ein Mädchen zeigt mir den Vogel. Die Erwachsenen rühren sich nicht, ein Familienfoto in 3D. Ich kann ungehindert ein Stück Torte nehmen und damit hinausgehen. Niemand schreitet ein, niemand protestiert.

Keine Überraschungen jetzt bitte, alles ist wie versprochen, nur noch schöner, weil es auch heute wieder dunkel wird und die Stadt in einem einsilbigen Wort verschwindet. Weiter hinten fahren Omnibusse im Kreis, ihre Routen legen sich als Schlaufen über die Landschaft, ein Geflecht aus unsichtbaren Spuren. Die Werbung im Fenster der Tankstelle lädt zu Eiscreme ein. Ein Mann rennt wie ein Huhn, mit kleinen Schritten, Kopf voran. Andere gehen langsam, auf den Gehwegen, ihre Hunde tun, was sie tun müssen, in die Wiese. Niemand scheint es eilig zu haben, den Tag herumzubringen, obwohl es zum Abendessen vielleicht Karpfen mit Remoulade gibt und im Fernsehen einen Zweiteiler. Die Vögel haben zugenommen und hängen fett über unseren Köpfen. Helikopter kreisen weit darüber. Ich stelle mir vor, wer mich vermissen würde, wenn ich nicht mehr wiederkäme.

Danke

David Zürcher, Günther Eisenhuber, Harald Gschwandtner, Marc Koralnik, Manuela Waeber, Frans, Leonhard, Marianne, Philipp, Reinhard, Thomas.

Unterstützt vom Kanton Zürich, von Pro Helvetia und von Kultur Stadt Bern.

Kanton Zürich
Fachstelle Kultur

schweizer kulturstiftung
prohelvetia

Kultur
Stadt Bern